바닷가 모래알

民草 한 알 모래알의 삶의 이야기

바닷가 모래알

民草 한 알 모래알의 삶의 이야기

2019년 7월 10일 초판 인쇄
2019년 7월 15일 초판 발행

지은이 | 전석린
교정교열 | 정난진
펴낸이 | 이찬규
펴낸곳 | 북코리아
등록번호 | 제03-01240호
주소 | 13209 경기도 성남시 중원구 사기막골로 45번길 14
      우림2차 A동 1007호
전화 | 02-704-7840
팩스 | 02-704-7848
이메일 | sunhaksa@korea.com
홈페이지 | www.북코리아.kr
ISBN | 978-89-6324-662-8(03810)

값 13,000원

바닷가 모2세알

民草 한 알 모래알의 삶의 이야기

전석린 지음

북코리아

첫머리에

나는 바닷가 백사장의 한 알 모래알이다. 내 마음대로 어디든지 갈 수가 없다. 큰 파도가 밀려와 끌면 바닷속으로 딸려 들어간다. 태풍이 불어 바다를 뒤집어놓고 큰 파도가 육지로 밀어대면 바닷가 백사장으로 던져진다. 내 있을 곳을 내 마음대로 정하지 못한다. 그러나 나는 내가 바라는 대로 살아가고자 했다. 어렵고 괴로운 일이 있어도 참고 견디며 그것을 이기고 더 나은 삶을 살기 위하여 힘쓰며 살아가고자 노력했다. 기쁘고 즐거운 일이 있으면 그것을 더 크게 만들도록 혼신의 힘을 다했다. 나 한 알 모래알은 작지만 그렇게 살아왔고, 또 살아가고자 한다.

큰 파도가 나를 바닷속으로 끌고 갔다. 육지의 꽃과 나무들보다 적지 않은 바다풀들이 무성하다. 그 사이를 오고가며 헤엄치는 이름 모를 수많은 고기떼가 아름답고 평화롭다. 겨울 철새들이 하늘 가득 날아오르고 날아가는 것처럼 바닷속의 고기떼들도 그러하다. 너무나도 예쁜 물고기들이 내 모래 품에 알을 낳고 그 새끼들의 부화를 지키고 있다. 육지의 모든 어미 새들이 그 새끼를 지키며 둥지를 떠나지 않는 것과 다를 바 없다. 형형색색의 아름다운 색과 사람이 감히 흉내 내어 만들 수 없는 바닷속의 모습들은 정말로 아름답다. 그러나 바닷속을 아름답게 장식하고 있는 것은 산호초들이다. 산호초는 바다가 만든 용왕님의 용궁이다. 사람들이 흉내 낼 수 없는 조각품을 만들어낸다. 내 뜻이 아니고 파도가 이끄는 대로 끌려 들어갔지만, 한 알 모래알은 너무나도 많은 것을 볼 수 있었고, 그래서 행복했다.

갑자기 하늘에 먹구름이 밀려오고 거센 바람이 불며 무서운 태풍이 온 바다를 뒤집어놓는다. 바다는 태풍에 뒤집히고 작은 모래알인 나는 파도에 밀려 바닷가 백사장에 내동댕이쳐졌다. 태풍이 지나가고 맑은 하늘 아래 나는 백사장의 한 알 모래알이 되었다. 나는 햇볕 아래 따뜻하게 데워졌다. 젊은 부부들이 아이들을 데리고 바닷가로 찾아왔다. 젊은 연인들이 손을 잡고 백사장을 거닐고 있다. 칠순의 노부부가 젊었을 때의 추억을 찾아 역시 내 옆을 지나간다. 아이들은 덤벙덤벙 바다에 뛰어들었다가 물가 백사장에 앉아 모래탑을 쌓기에 여념이 없다. 파도가 밀려와 정성껏 쌓아놓은 모래성을 씻어 허물어버려도 아이들은 깔깔대며 그저 즐거울 뿐이다. 또다시 더 큰 모래성을 쌓으면 될 일이다. 무엇이 그리도 좋은지 뛰고 깔깔대며 다시 모래탑을 쌓기 시작한다. 아이들은 걱정 없이 그렇게 즐겁다.

따뜻하게 데워진 모래 위에 젊은 연인들이 나란히 길게 누워 있다. 한마디 말도 없지만 서로 바라보는 눈길이 행복하게 웃고 있다. 잘 다져진 백사장의 화폭 위에 사랑의 하트를 그린다. 마냥 행복한 표정들이다. 젊은 연인들은 아무 말 없이 같이 누워 있고 서로 바라보고만 있어도 행복하다.

찾아온 노부부는 손을 꼭 잡고 서로 의지한 채 젊은 날 거닐었던 백사장의 발자취를 더듬어 걷고 있다. 저 호텔 자리에 전에는 아담한 여관이 있었지. 그곳에 신혼의 짐을 풀었던 일이 지금도 생생하군. 창문을 열고 바라본 저 바다는 얼마나 아름다웠던가. 우리는 저 바다처럼 큰 사랑으로 살아가자고 약속했지. 저 백사장을 걷고 또 걸었지! 그때 한없는 사랑으로 아끼며 살자고 약속했던 것 지금도 기억하지? 그동안 우리 그렇게 살아오지 않았는가? 앞으로 우리 또 그렇게 살아가자고!

나는 백사장의 모래알, 세상 살아가는 한 알의 이름 없는 민초(民草), 이름 없는 백성이다. 파도와 같이 모든 것을 바다로 끌고 갈 힘은 없다. 바닷속을 휘젓고 바닷물을 뿜어 백사장에 모래알을 던질 힘도 없다. 민초는 원래 그런 것이다. 어디에 던져질지 모르지만 민초도 생각이 있고 뜻이 있고 꿈이 있다. 온갖 어려움을 참고 고통을 이겨내며 희망을 찾아 나서고자 하며 바른 삶을 살고자 하는 의지가 있다. 먼지가 일어나 불어 대는 포장되지 않은 길에서도 잘 포장된 길을 생각한다. 을씨년스럽게 부는 눈보라 속에서도 밝은 해를 찾으며 기다린다. 헐벗고 굶주려도 절망하지 않는다. 힘써 구하면 얻을 수 있다고 믿기 때문이다. 끊임없이 짓밟혀도 다시 일어나고 결코 삶을 포기하지 않는 것이 민초들이다. 나는 그렇게 살아온 바닷가 백사장의 한 알 모래알, 민초다.

이렇게 한 알 모래알 민초로 살아온 많은 삶이 모이고 쌓인 것이 백성의 삶의 실체이며, 그것이 우리가 살아온 한 시대의 역사이다. 그러나 모래알 민초의 삶은 서로 비슷하고, 파도나 태풍과 같이 드라마틱하지 않다. 드라마틱한 것만을 좋아하고 좇는 세태에서 민초들은 그들이 살아온 삶의 실체를 드러내지 못한다. 힘 있는 파도와 태풍은 모든 것을 바꿔놓는 드라마틱한 것이기는 하나, 잠깐 지나가는 바람일 뿐이고 역사의 실체는 아니다. 역사는 모래알, 민초들이 살아온 삶 그 자체이다. 많은 민초들이 별것 아닌 것으로 여겨 드러내지 않고 살아온 삶을 나는 여기 적어보기로 했다.

일제강점기에 시골 고향에서 초등학교를 마치고 서울에 올라와 교육을 받았다. 인민군에게 쫓겨 천리 먼 피난길을 걸었고, 피난지 부산에서 살아가기 위하여 거리의 찹쌀 꽈배기 도넛 장사꾼이 되기도 했다. 열일곱 어린 나이에 육군 이등병이 되었다. 학교를 마치고 4.19와 5.16을 거치면서 비난과 지탄의 대상이던 경찰에 투신하여 지성경찰 간부가 되어 국민으로부터 존경과 신뢰를 받는 국민의 하인이 되기로 했다. 그것은 그때 그 시절 마음속에 다짐하던 희망이며 꿈이었다. 경찰생활 27년 동안 24년을 경찰교육기관이나 모교인 연세대학교와 서강대학교 등에서 교관이나 교수로 일했고, 3년 동안 일선 경찰서장으로 근무한 특이한 경찰 생활을 했다. 직업은 경찰관이었지만 실제로 한 일은 교육이었다. 전국 경찰을 대상으로 하는 경찰교육기관에서 학생들을 가르치는 일이 어떤 한 일선 관서에서 근무하는 것보다 나의 꿈을 실현하는 데 도움이 된다고 믿었기 때문이다.

경찰의 지성화와 민주화를 실현하여 국민의 존경을 받는 경찰의 초석을 놓는다는 것이 경찰에 있는 동안 내 삶의 희망이며 꿈이었다. 그러나 대공수사단 단장이었던 나의 지휘감독 하에 있던 수사관에 의해 남영동 대공수사단에서 피의자 고문치사 사건이 일어났다. 지휘감독의 책임을 지고 사표를 제출했고, 직위해제 처분을 받고 경찰에서 더 이상의 승진은 어려워져 경무관 계급정년으로 경찰을 떠나게 되었다. 늘 지성

경찰의 대표자로 자임하며 부끄럽지 않은 생활에 힘써왔으나 세상사 마음대로 되지 않는 것을 어쩌겠는가?

서울의 집과 재산을 모두 정리한 뒤 충주로 낙향하여 과수원을 일구고 살아가는 농군이 되었다. 일간지도 구독하지 않고 세상사를 모두 잊고 농사일에 전념하며 지난 20여 년을 살아왔다. 희랍신화에 나오는 과수원의 요정 '포모나'를 스승으로 모시는 농군이 되었다. 일할 욕심으로 과수원의 많은 일들을 다른 사람 손 빌리지 않고 직접 내 손으로 하려니 할 일은 많고 시간은 늘 부족했다. 마을 이웃들과 어울릴 시간을 내기도 어려웠다. 이곳에 내려온 지 30년이 되지만, 충북원예조합, 충주 농기계, 수안보 온천장, 중국집 대려성을 알고 지낼 뿐이다.

수안보나 충주에 나가서 볼일이 끝나면 곧장 농장으로 돌아오곤 했다. 농장에 남겨놓은 일들을 하기 위해서다. 아침 해 뜨기 전에 일어나 해가 져서 어두워지기까지 과수원이 좋고 일이 기뻐서 과수원을 떠나지 못했다. 왜 그렇게 사는가? 힘들지 않은가? 힘은 들어도 그렇게 사는 게 좋고 기쁘기 때문에 그렇게 산다! 너무 그러지 말고 쉬엄쉬엄 살기를 권하는 벗들도 있으나 그것은 내 삶에서 행복을 포기하라는 것과 같기에 그럴 수가 없다. 아마도 나는 일하는 것을 좋아하는 특이한 체질이 아닌가 생각한다. 만오천 평이나 되는 과수원이 이제는 제대로 자리를 잡았고, 요정 포모나의 감사(監査)를 받아도 별로 부끄러울 게 없을 것으로 자부한다.

한 시대의 역사를 바꿔놓은 사람들은 역사 발전의 전기를 마련할 수 있었던 일을 자랑하며 흔히 말하는 자서전을 쓸 수 있다. 그러나 백사장에 흩어진 수많은 모래알에 섞인 보잘것없는 모래알 민초들은 그런

글은 쓸 수가 없다. 한 시대의 변화를 주도하는 드라마틱한 삶을 살아보지 못한 민초는 그럴 자격이 없다고들 말한다. 그러나 역사의 참 주체자는 변화의 바람을 일으키고 훌쩍 떠나버린 그런 사람들이 아니다. 역사 변화의 바람을 일으키고 그 흐름의 전기를 만든 사람들이 떠난 뒤에 오랜 시간 동안 역사를 살찌우며 살아간 민초들이 이어가는 삶이 역사의 실체라고 생각한다. 역사의 변화된 방향에서 역사를 살찌우며 살아간 민초들, 하나하나의 모래알들이 참된 역사의 주체자라고 믿는다.

바닷가 백사장에 흩어진 하나하나의 모래알 민초들이 겪고 살아온 내용이 모두 같지는 않을 것이나 서로 비슷하게 닮아 있다고 생각한다. 비슷하게 닮아 있는 모래알의 총화가 역사의 실체라고 믿으며 이 글을 엮었다. 나의 보잘것없는 삶이 지난날 실재한 역사를 이해하며 기억되는 일에 도움이 되었으면 하는 마음으로 이 글을 쓰고 있다.

민초들은 우리 역사를 살아온 한 알 모래알이다.
민초들의 삶은 참된 우리 역사의 실체이다.

CONTENTS

CONTENTS

I

전쟁 속에
타오른
생명의 불꽃

1. 17세 소년의 피난길

　　판자 울타리 안에 겨우 목덜미가 돌아가는 병아리와 막 피어나는 화단의 봉선화와 나팔꽃을 돌아보며 대문을 잠그고 길을 떠난다. 쌀 얼마, 수저와 식기 몇 가지 챙겨서 이고지고 떠나는 피난길이다. 장맛비를 맞으며 마포강을 건너 강변의 갈대숲을 헤치며 오라는 사람도 없고 갈 곳도 정함 없이 남쪽을 향하여 걸을 뿐이다. 언제 이렇게 먼 길을 서둘러 걸어본 적이 있었는가. 발바닥에는 물주머니가 생기고 발은 천근만근 무거워진다. 더욱이 이토록 힘든 길을 왜 걸어가야 하는지도 분명히 알 수가 없다.

　　길가의 농가 헛간에 가마니 한 장 얻어 깔고 밤을 보냈다. 산 아래 자리 잡은 마을에서 들려오는 개 짖는 소리와 닭 울음소리에 잠이 깨어 일어나 조반도 거른 채 서둘러 발걸음을 재촉한다. 어제 서울에서 들던 포탄 터지는 소리와 총소리가 들리지 않는 것으로 보아 아마도 서울이 인민군에 의하여 점령된 것 같으니 부지런히 남행길을 서둘러야 한다. 길가 논에는 모낸 지 오래된 모가 흙냄새를 맡고 푸르게 자라고 있다. 그 줄기 사이에 노란 점과 흰 줄을 가진 거미가 거미줄을 쳐놓고 먹이가 걸리기를 기다리고 있다. 거미줄에 맺힌 아침이슬이 영롱하다. 논에는 개구리풀이 물 위에 빽빽이 자라 있다. 밤새도록 논바닥이 뒤집히도록 울어대던 개구리들도 지쳤는지 두 눈을 굴리며 물 위에 떠 있다.

마을 뒷산 중턱에는 길게 옆으로 흐르는 구름이 드리워져 있고 아늑하게 자리 잡은 초가집 굴뚝에서는 모락모락 연기가 피어오르고 있다. 아침밥을 퍼 그릇에 담아 부뚜막에 올려놓고 숭늉물을 둘러 솥을 긁는 소리와 무쇠 솥뚜껑을 여닫는 덩그렁거리는 소리가 나는, 늘 평화스러웠고 그것이 아침마다 듣는 행복한 소리였다. 숭늉의 구수한 냄새가 안방과 부엌 사이의 쪽문 사이로 들어오면 그 기쁨은 더욱 커지곤 했다.

"얘들아, 어서 일어나라. 학교 늦겠다." 어머니의 이런 소리는 나를 얼마나 행복하게 했던가? 그러나 이런 소리는 지금 들을 수 없다. 아마도 저 초가집 안방에서는 온 가족이 아침 밥상에 둘러앉아서 행복한 아침밥을 들고 있겠지? 집을 떠난 지 겨우 하루밖에 안 되었는데 그 모든 것이 먼 지난날의 일로만 여겨진다. 새벽에 걷는 발길에 차이는 아침이슬은 차다. 지난날의 행복했던 추억 속에 잠겨 있을 만한 여유는 나에게 없다. 포와 탱크와 현대무기로 무장한 인민군의 공격에 쫓기면서 아무 생각도 없이 그저 걸을 뿐이다.

나의 고향은 경원선의 중심 역이던 복계라는 곳이다. 일찍이 철도가 깔리고, 기차 기관고가 세워졌으며, 많은 일본인 철도 기술자들이 모여살고 있었다. 주재소에는 일본인 순사들이 여럿 있었고, 일본인이 경영하는 상점도 몇 군데 있었다. 그들은 우리와는 격이 다른 사람들이었고, 상전들이라 알고 있었다. 일본의 패전과 동시에 그렇게 기세등등하던 일본 사람들이 그들의 집과 재산을 버리고 남부여대하여 일본으로 도망치듯 돌아가는 것을 볼 수 있었다.

이제 일본 사람들이 다 물러갔으니 우리 조선 사람들만 남게 되었구나. 우리끼리 살게 되었으니 도둑도 없고 서로 싸우는 일도 없이 오순도순 잘 살아가는 평화로운 나라가 되겠구나!

이런 철없는 생각을 하면서 그 사람들의 고된 행렬을 바라보았고 잘된 일이라고 기뻐했던 일을 기억하고 있다. 그러나 내가 지금 지난날의 그 사람들처럼 비참한 모습으로 고된 남행 피난길을 걷고 있다. 아무리 미워했던 일본 사람들이었지만 그때 그 사람들이 얼마나 괴로웠고 고통스러웠을까 하는 생각을 하지 못했던 것이 조금은 아쉽게 여겨졌다. 살아가는 동안 내가 아닌 남의 고통과 괴로움을 생각할 수 있는 너그러운 마음을 가져야겠다는 지극히 막연한 생각을 했다. 사람을 사랑한다는 것은 나의 입장에서가 아니라 다른 사람의 입장에서 이해하는 것이라고 피난길에서 알게 된 귀한 교훈이었다고 느꼈고, 내 삶에서 늘 기억하는 교훈으로 삼고 살고자 하는 생각을 했다.

삽자루 하나 들고 아침 논의 물꼬를 살피며 이 길을 걷는다면 얼마나 좋을까? 초가집 굴뚝에 아침 연기를 피우고 보리밥이라도 걱정 없이 온 가족이 함께하는 조반이 되었으면 또 얼마나 좋을까? 개 짖는 소리, 닭 울음소리 들으며 마을 앞으로 졸졸 흘러가는 냇물에 손 씻고 세수하는 걱정 없는 아침이면 그 또한 얼마나 행복할까? 잠결에 숭늉 끓인 무쇠솥 뚜껑 여닫는 덜커덩 소리를 들으면서 기지개 켜며 일어나는 아침이 한없이 그리웠다. 그러나 이러한 모든 일은 현실에서 구할 수 없는 꿈이다. 쫓기며 남행 피난길을 걸으며 또 하나의 쓸데없는 일을 생각하고 있었다.

가령 한 자루의 칼을 들고 사람을 죽였다면 그는 살인자다. 불을 질러 남의 집을 불타게 했다면 그는 방화범이다. 사람들은 그들을 욕하며 범죄인으로 몰아세운다. 그런데 국가권력이나 재정으로 수많은 젊은이들을 무장시키고 훈련시켜서 이들보다 몇 배나 많은 죄 없고 평범한 사람들을 대낮에 공격하여 살해하며, 한두 채의 집이 아니라 도시의 모든 집들을 불 지르고 파괴하는 사람들이 있다. 그것도 죄 없는 사람들을 적으로부터 보호하기 위해서가 아니라, 자신의 지배욕을 채우며 개인의 절대적 권력과 영광을 위하여 그런 못된 짓을 서슴지 않는 사람들이 있다. 그들은 인류의 평화와 안전 그리고 해방을 위하여 그런 일을 한다는 명분과 변명을 앞세운다. 그리하여 제국을 건설하고, 대왕이 되고, 모든 것 위에 군림하는 절대적인 권력자가 된다. 우리의 선생님들은 이들을 영웅이며 위인들이라고 우리에게 가르쳤다. 고명한 학자들 역시 영웅전이나 위인전에서 그렇게 쓰고 있었다. 나는 이제까지 배운 이런 내용에 대하여 동의할 수 없다는 생각을 하고 있었다. 이들은 단순한 살인자나 방화범, 파괴범이 아니다. 사랑해야 할 수많은 사람들을 자신의 영광을 위해 대량으로 살해한 학살범들이다. 인류의 문화와 문명을 파괴한 인간의 적들이다. 이들을 위인이며 영웅이라고 가르치고 기록한 선생님들이 한심하게만 느껴졌다. 참된 위인과 영웅들은 인간을 사랑하는 사람들이어야 한다는 생각이 들었다. 집에 다시 돌아갈 수 있다면 위인전이나 영웅전을 모두 쓰레기통에 내다버려야겠다는 생각도 했다. 사람들이 말하는 영웅들을 미워하자. 지금 잘 훈련된 수많은 인민군이 최신의 무기들을 들고 우리의 뒤를 쫓고 있다. 인민의 해방을 위한다는 명분을 앞세우고 있지만, 그들이 해방한다는 동포들보다는 몇 배나 많은 동포들이 이 전쟁 통에 죽어갈 것이고, 우리의 소중한 도시와 재산이 파괴될 것이다. 민족의 태양은 무슨 민족의 태양인가? 이 역시 대량으로 사람을 죽이는 학살범이다. 그러나 나는 그저 쫓기고 있을 뿐 이러한 울분을 터뜨릴 처지도 못 되며 그럴 힘도 없다. 삶을 살아가는 동안 위인이라는 사람들, 영웅이라고 불리는 사람들, 무슨 태양이라고 불리는 사람들을 미워하며 살리라! 이런 쓸데없는 생각을 하면서 남행 피난길은 계속되었다.

위인들에 대한 우리의 생각이 잘못되었던 것처럼 우리 국민이 남북으로 갈라진 현실을 잘못 알고 있었던 것이 아닌가. 막연하게나마 알게 된 것도 피난길에서 얻게 된 새로운 생각이었다. 해방 후 혼자 월남하여 서울에서 중학교에 들어갔다. 그때 서울시민이 쉴 수 있는 유원지는 한강대교 아래의 백사장, 보트장, 그리고 광나루의 포플러 숲과 수영장이 고작이었다. 학교에서 그곳으로 소풍을 갔고, 노래판이 벌어졌다. 내 차례가 되었지만 이북에서 배운 ○○○장군 노래밖에 아는 것이 없었다. 할 수 없이 학교 운동회에서 불렀던 응원가를 불렀다. 노래가 끝나자 평소에 친하게 지내던 친구가 옆으로 다가왔다.

"너 지금 부른 노래 빨갱이들이 부르는 노래지? 빨갱이들이 부르는 노래 부르면 안 돼. 그런 노래 다시는 부르지 마!"

이런 충고를 받았다. 왜 빨갱이 노래면 운동회 응원가라도 부르면 안 되는 것일까. 당시에는 축구선수들의 스타킹에 붉은 무늬가 있는 것조차 기피했다. 왜 그랬는지 역시 알 수 없었다. 그렇다고 이들이 숙청 대상인 부잣집 아이들도 아니었다. 무조건 빨갱이들을 미워한 것이라고 생각했다.

처음 월남해서 서울에서 중학교의 같은 반 친구와 한 방에서 자취를 했다. 경상도의 양반집 지주 아들이었는데, 같은 방에서 하루 종일 같이 지내면서도 서로 한마디 말도 없었다. 무슨 생각을 하는지, 무엇을 하려고 하는지 알 수 없었다. 그런데 9.28 수복 후에 들으니 인민군이 서울에 입성하자 제일 먼저 학교에 나가서 친구들을 찾아 나섰고, "인민 해방을 위하여 의용군에 입대하자!"라면서 열성적으로 친구들을 선동하는 열정을 드러냈다는 것이다. 그리고 낙동강 전선으로 투입되었다고 들었다. 하루 종일 같이 있어도 한마디 대화조차 없었지만, 그의 마음속에는 소위 '민족의 태양'의 전사가 되겠다는 어처구니없는 생각이 있었던 것 같다.

8.15 광복절이 되면 우익진영의 사람들은 서울운동장에서 기념식을 갖고 종로거리를 행진하며 시위했고, 좌익진영의 사람들은 남산 일본 신궁이 있던 광장에서 기념식을 하고 적기가를 부르며 을지로길을 휩쓸고 다녔다.

"너 빨갱이 노래 부르면 안 돼!"
"인민 해방을 위하여 의용군에 입대하자!"

이런 충고를 했던 친구나, 하루 종일 말이 없던 친구가 선동하던 것과 달리 당시의 나는 자유주의가 무엇인지, 공산주의가 무엇인지, 투쟁과 혁명이라는 말도 제대로 알지 못했다. 쫓기며 머나먼 피난길을 걸으면서 많은 것을 생각했고 깨달아 알게 되었다. 알렉산더 대왕이나 칭기즈칸은 사람들이 알고 있는 것과 달리 위대한 인물이나 영웅이 아닌 대량 학살범이라고 믿게 되었고, 나의 뒤를 쫓고 있는 인민군 역시 거짓 '민중의 태양'에 속아 죄 없는 동포들을 죽이고 그들 자신도 죽어가는 불쌍한 존재라고 생각했다. 그런들 어찌하랴. 나에게는 이런 현실 앞에 대항할 힘이 없었다. 죽지 않고 살기 위하여 쫓기며 걸을 수밖에 없는 허약한 내가 싫어졌고, '영웅'이나 '태양'으로 불리는 사람들이 미워졌다. 그러나 나의 생각은 머릿속에서만 맴돌 뿐 발바닥에 터진 물주머니의 쓰라린 아픔을 견디며 걷고 또 걸어 간신히 대전역에 도착할 수 있었다.

먹구름이 잔뜩 뒤덮였고 빗줄기와 함께 바람이 세차게 불었다. 무척이나 을씨년스러운 날씨였다. 우산도 없이 이고 진 피난민들이 역의 플랫폼에 모여들고 있었다. 역 광장 앞 가게의 처마 밑에서 비를 피하며 널빤지 조각을 주워다가 밥을 짓는 사람들도 보였다. 혹시나 남쪽으로 가는 기차가 있을까 기다리는 사람들로 역 주변은 인산인해를 이루고 있었다. 갑자기 주변이 웅성거리더니 여러 칸의 객차와 화물차를 단 북행열차가 들어오고 있었다. 무개화차에는 우리가 그토록 기다리던 대포와 장갑차와 탱크가 실려 있었고, 여러 명의 미군이 타고 있었다. 피난민들은 일제히 함성을 지르며 박수를 치고 만세를 부르며 그들을 환영했다.

그런데 어찌 된 일인가? 그들은 우리에게 잠깐 눈길을 돌릴 뿐 그저 무덤덤하게 앉아 있을 뿐이었다. 6.25 아침, 휴가 중이던 군인들이 원대복귀 명령을 받고 애국가를 부르고 태극기를 흔들고 만세를 부르면서 전방부대로 달려가던 모습은 보이지 않았다. 무표정하게 말없이 넋을 잃은 듯 앉아 있는 미군들을 보면서 저들이 우리를 도우려고 오기는 했으나 싸울 뜻이나 의욕이 있지는 않다는 생각이 들었다. 미군에 대한 대전역에서의 첫인상이었다.

그러나 이들은 태평양전쟁에서 일본제국의 군대를 물리치고 승리를 거둔 세계 최고의 강한 군대였다. 아마도 북한의 인민군쯤은 쉽게 물리칠 수 있을 것이다. 그렇게 되기를 바라는 것이 그때 우리가 가진 유일한 희망이었다. 승전보를 기다리며 남행열차를 눈이 빠지게 기다렸으나 전해져온 소식은 절망적이었다. 전선으로 떠난 미군들은 오산의 첫 전투에서 인민군에게 참담하게 패하고 계속 후퇴한다는 소식이었다. 이제는 더 지체할 여유가 없었다. 때마침 남행열차가 출발한다는 기적이 울렸다.

쏟아지는 비도 아랑곳하지 않고 화물차에 달려가 매달렸다. 이미 화물칸에는 발 들여놓을 틈도 없었다. 서로 밀고 밀치며 아우성이었지만 그곳에 들어갈 수는 없었다. 남은 길은 화차 지붕에 오르는 것뿐이었다. 그것도 천신만고 끝에 화차 뒤에 있는 쇠사다리를 타고 올라가 겨우 자리를 잡을 수 있었다. 휴우! 이제 됐구나! 안도의 한숨 속에 기차는 기적을 울리며 역을 떠났다.

이렇게 떠난 기차는 달리다가 멈추고, 멈추었다가 달리는 시간이 정해져 있지 않았다. 한 번 섰다가 곧 떠나기도 하고, 한 번 정차했다 하면 다시 떠날 줄을 몰랐다. 다만 떠나기 전에 세 번의 기적을 울려주는 것이 기관사가 승객들에게 베풀어주는 유일한 서비스였다. 기차가 정차하면 일본군 반합에 쌀 얼마를 넣었다가 재빨리 사다리를 타고 내려가 도랑물을 퍼 넣고 주변의 검불을 주워 모아 불을 피워 밥을 짓는다. 밥이 다 될 때까지 기적이 울리지 않으면 그날 아침밥은 맛있게 먹을 수 있다. 그러나 채 끓기도 전에 기적이 울리면 앞뒤 가릴 것 없이 사다리를 기어올라야 한다. 그래도 먹는 것은 중요한 일이었다. 설익은 밥에 소금 몇 알, 고추장 조금인 반찬으로 그날의 끼니를 때우면 그런대로 하루를 지낼 수 있었다.

달리는 기차의 선로가 곡각이 되었을 때는 기관차에서 뿜어져 나오는 연기가 옆으로 흐르기 때문에 화물차 지붕 위에서도 큰 어려움은 없었다. 그러나 선로가 길게 일직선으로 뻗어 있을 때는 기관차 연통에서 뿜어 나오는 검은 연기와 수증기, 그리고 덜 탄 연탄가루가 눈, 코, 입, 귀 가릴 것 없이 날아들어 눈을 뜰 수도 숨을 쉬기도 어렵다. 얼굴이 온통 검은 아프리카 흑인의 모습이 된다. 눈만 반짝일 뿐 서로 얼굴을 바라보기가 민망스럽다. 그러나 물집 잡혀 터진 발과 천근만근 무거워진 다리로 대전까지 걸어온 아픔을 생각하면 화물차 지붕에서의 불편하기 짝이 없는 여행을 불평하는 사람은 없었다. 나는 남행 피난길에서 그나마 그때가 그런대로 편안한 때였다고 기억한다.

어렸을 때의 고생은 천금을 주고도 바꿀 수 없다는 말이 생각난다. 지극히 어렵고 힘든 일을 겪는다는 것, 먹을 것과 입을 것 없이 어렵게 살아간다는 것 등이 불행한 것만은 아니라는 것을 그때 막연하지만 깨달았다. 그보다 적은 어려움과 고통을 겪게 되었을 때 괴로워하게나마 않고 그것을 뛰어넘을 수 있다는 용기를 주기 때문이다. 두 발로 걷는 피난길의 고통은 나에게는 더할 나위 없는 괴로움이었기에 화물차 위에서 겪는 쓰라림은 그런대로 견딜 수 있다고 느꼈다. 피난길에서 어린 내가 겪었던 여러 가지 일들이 그 후 세상을 살아가는 데 많은 교훈이 되었다고 생각한다.

기차는 달리다 섰다를 반복하며 영동을 지나 추풍령고개를 오르고 있었다. 갑자기 우리 앞의 화물차 지붕에서 땅이 꺼질 듯한 통곡소리가 들려와 우리 모두를 놀라게 했다. 그 비통한 통곡소리는 이전에도 들어보지 못했고 그 후에도 들어보지 못한 울부짖음이었다. 달리는 화물차 지붕 위에서 갓난아기를 안고 있던 젊은 엄마가 깜빡 조는 사이에 아이를 놓쳐서 화물차 아래로 떨어뜨린 것이다. 화물차 지붕을 주먹으로 치며 머리를 박고 대성통곡을 하여 우리 모두를 함께 울게 했다. 그러나 그것이 무슨 소용이겠는가? 기차는 우리의 울음소리와 아기엄마의 통곡을 실은 채 달리고 또 달려 김천을 지나고 있었다.

나는 그때까지 우리나라가 비단으로 수놓은 것처럼 세계에서 가장 아름다운 금수강산이라 배웠고 그렇게 믿고 있었다. 그러나 논과 밭, 산모퉁이를 돌고 냇물 위의 철교를 달리는 화차 지붕 위에서 바라본 우리 강산은 그렇게 아름답게 보이지 않았다. 동리 주변의 야산에는 나무 몇 그루 제대로 서 있지 않았다. 난방과 취사를 모두 나무에 의존했기에 나무란 나무는 모두 잘리고 깎여 산이란 산은 죄다 헐벗고 메마른 황토 바닥을 드러내고 있었다. 흐르는 냇물은 논이나 밭보다 높아진 하상(河床) 위를 흐르고 있었는데, 학교에서 배운 대로 천정천(天井川)이 되고 있었다.

누가 이런 강산을 금수강산이라 했던가? 잘못 알고 잘못 가르치고 잘못 믿으며 살아왔다는 생각에 너무나 서글프고 허망할 뿐이었다. 그런데 이렇게 헐벗고 황폐한 강산에서 동족 간에 피투성이의 전쟁을 하며 쫓고 쫓기고 죽고 죽이며 불 질러 파괴하는 일을 벌이고, 화물차 지붕에 매달려 가면서도 그나마 걷는 것보다는 낫다고 다행으로 여기며 남행길을 더듬고 있으니 너무나도 한심한 일이 아닌가? 황토의 메마른 땅이 아닌 정말로 금수강산에 살아볼 수는 없을까?

해방 후 미 점령군 사령관이었던 하지 중장과 망명길에서 막 돌아온 이승만 박사가 서울에서 부산까지 기차 여행길에서 주고받았다는 웃지 못할 대화 내용이 그때 학생들 사이에서 웃기는 말로 전해진 바 있다.

> "나는 조선 사람들을 도저히 이해할 수가 없습니다. 왜 없는 쌀을 달라고 야단들이지요? 저렇게 많은 축사에 소와 돼지를 기르면서 고기 먹을 생각을 하지 않고 쌀을 달라니 알 수 없는 노릇입니다. 이 박사님, 이 문제를 생각하고 연구해보세요."

마을마다 하나 둘 기와집과 양철지붕 집 둘레에 옹기종기 들어선 초가집들이 잘사는 나라의 장군의 눈에는 모두 축사로 보였던 모양이다. 쌀도 부족하여 굶주리는데 고기를 먹으라니 말도 되지 않는 소리였다. 그런 하지 장군의 말에 우리의 사정을 너무도 모른다고 흉보며 욕들을 하고 있었다. 해외에 있던 동포들, 북한에서 반동으로 몰려 38선을 넘어 월남한 동포들로 갑자기 인구는 늘어났는데 식량이 턱없이 부족하여 미군이 밀가루와 안남미로 알려진 동남아의 쌀들을 무상으로 공급했지만, 굶주린 조선 사람들의 배를 채우기에는 턱없이 부족했던 시기의 웃지 못할 일들이었다. 저 초가집들이 정말 축사이고 쌀 걱정 없이 고기 먹으며 살 수 있었으면 얼마나 좋았겠는가? 그러나 초가집 축사는 계속 이어졌고, 고기 먹으며 사는 일은 희망이기보다는 꿈이었다. 이런저런 생각 중에도 기차는 달리고 달려서 항도(港都) 부산진에 도착하여 눈만 반짝이던 피난민들을 역 광장에 풀어놓았다. 죽을 고생 끝에 무사히 최 남단 부산에 도착했다.

2. 피난지 부산의 찹쌀 꽈배기 도넛

넘실거리는 바다 위에 떠 있는 수많은 배들, 배 주위를 맴도는 갈매기 떼, 붕붕 하는 뱃고동소리가 들린다. 땅과 바닷속까지 가라앉은 듯한 큰 뱃고동소리가 한없이 평화롭다. 떠나는 사람을 배웅하며 눈물짓는 사람도 없고 돌아오는 임을 맞는 기쁨도 없으나, 장갑차와 탱크와 대포와 미군 병사들만 없었다면 아마도 이보다 더 평화로운 항구의 모습이 또 있을까? 뱃고동소리에 섞여 해안길을 따라 달리는 시내 전차의 땡땡거리는 소리가 두고 온 서울의 거리를 떠올리게 한다. 소금기 품은 바닷 바람의 내음이 피난길에 눌렸던 가슴을 시원하게 적셔준다. 부산은 살 만한 좋은 곳이구나! 전쟁의 소용돌이 속에 있으면서도 한동안 나를 잊고 변화된 주위의 광경에 넋을 잃고 있었다. 일찍이 바다와 큰 항구를 본 일이 없는 산골 태생인 나는 눈앞에 펼쳐진 모든 것이 신기하고 놀랍기만 했다. 남행길 종착역인 부산은 나에게는 너무나도 놀라운 모습으로 비쳤다.

그러나 찾아갈 곳이 없다. 아는 사람도 없으니 오라는 사람도 없다.

수중에 돈이 있는 것도 아니다. 쌀 얼마 짊어지고 무작정 천리 길을 더듬어 찾아온 것이다. 무턱대고 집을 떠났으니 무모하다면 이보다 더한 일이 없다. 주위를 맴돌며 의지할 만한 곳을 찾아 헤맸으나 찾을 수가 없었다. 나중에 안 일이지만, 1.4후퇴 때는 난민수용소가 있었으나 전쟁 초에는 그런 것이 없었다. 한동안 헤매다가 영주동에서 시청으로 가는 언덕 아래, 서대신동으로 넘어가는 굴 못 미처 거리 골목 한켠에 판자로 둘러친 허름한 헛간을 발견하고 무조건 그곳에 눌러앉았다. 주인을 찾아가 사정했는데 쾌히 쓰라는 허락을 받았다. 고맙고 또 고마웠다. 수많은 피난민들이 부산으로 몰렸으니 부산 사람들은 얼마나 불편하고 짜증이 났겠는가. 군말 없이 의지하며 머물 곳을 허락받고 나니 눈시울이 뜨거워졌다. 부산은 정말로 인심 좋은 곳이구나! 그때 이후로 나는 부산이 너무나 좋았고 지금도 그러하다.

남은 쌀을 털어 제대로 밥을 짓고 오이와 고추를 사다가 고추장에 찍어 오랜만에 제대로 된 저녁을 먹을 수 있었다. 이제 쌀은 떨어지고 수중에 가진 돈도 없다. 돈 한 푼 없이 한치 앞도 알 수 없는 피난길을 떠난 것이 지금 생각하면 너무나 무모하고 한심한 일이었다. 그러나 그때를 되돌아보면 이것저것 생각하고 챙길 만한 여유가 없었던 것 같다. 피난길을 나서면서 모든 것을 완벽하게 준비하고 떠날 처지는 아니었다. 온 가족의 주머니를 털었지만 다음 날 아침 조반을 마련할 여유가 없었다. 다행히 해방 전에 할아버지가 소중하게 지니라고 주신 금장 회중시계가 있었다. 광복동 시계포에 가서 그것을 팔아 찹쌀 몇 되, 설탕 조금, 면실유 한 병을 살 수 있었다. 고향에서 과자 만들던 아저씨를 시장에서 우연히 만났는데 찹쌀 꽈배기 도넛을 만들어 팔아보라는 조언과 함께 만드는 과정을 시범으로 보여주셨다.

　수많은 사람들이 제대로 먹지 못해 허기지고 배 속에 기름기라고는 없는 굶주림 속에 거리를 헤매고 있었다. 찹쌀가루에 막걸리 적당히 섞어 넣고 반죽하여 끓는 면실유에 흠뻑 튀겨 설탕을 묻히기만 하면 되는 별로 어렵지 않은 제과기술이었다.

　몇 년 전 부산에 간 김에 도넛 팔던 곳을 찾아본 적이 있었다. 서대신동 넘어가는 터널 앞쪽 시청 가는 큰길 말고 언덕길에 지금도 옛날 모습 그대로 봉래여관이 있었다. 그 언덕배기에서는 부산항구가 훤히 내려다보이고, 미군의 무기 하역작업이 한창이었다. 그곳에 사과 궤짝을 놓고는 숯불을 피워 기름을 끓여 꽈배기를 만드는 제과업을 시작했다.

　생전 처음 해보는 일이라 거리에 좌판을 벌이고 처음 장사를 시작하고 보니, 누가 뭐라고 하지도 않는데 부끄럽고 쑥스러워 공연히 쭈뼛거려 사람들을 제대로 쳐다볼 수도 없었다. 하릴없이 끓는 기름 냄비만 바라볼 뿐이었다. 그런대로 기름에 튀기는 찹쌀 꽈배기 도넛 냄새가 주위에 퍼져나가자, 허기진 피난민들이 한 사람 두 사람 모여들더니 하나씩 달라고 한다. 이 장사, 되기는 되는 모양이다. 처음에는 앞 사람의 얼굴도 제대로 보지 못한 채 도넛을 신문지에 싸서 건넸고, 간신히 마수를 할 수 있었다. 그때의 감정을 무어라 표현할 길이 없다. 이렇게 하면 구걸하는 것보다는 떳떳하고 생활 문제도 해결될 수 있다는 생각에 속이 시원하게 뚫리는 것 같았다. 옆에는 풀빵을 구워 파는 사람, 부산의 명물이던 멍게를 옷핀으로 찍어 고추장을 묻혀 파는 행상도 있었으나, 나의 어쭙잖은 기술로 만든 꽈배기 도넛이 가장 인기 있고 잘 팔렸다.

　한동안 신나게 팔다 보니 부끄럽고 쑥스럽다는 생각은 온 데 간 데

없어졌다.

> "영양가 많은 순 찹쌀, 기름에 튀긴 꽈배기 사세요. 허기진 배, 찹
> 쌀 맛보시고 채우세요. 영양가 많은 꽈배기 사세요."

이렇게 소리 지르며 호객도 하게 되었으니 하루 만에 장사꾼이 다
된 셈이었다. 그럭저럭 자신 있게 장사를 하고 하루를 마칠 수 있었다.
저녁에 결산을 해보니 재료 구입비 등을 빼고도 얼마간의 이문이 남았
다. 이제 이곳에서 거리를 헤매며 걸식을 하지 않아도 되겠다는 생각이
들었다. 그야말로 먹고 살아갈 걱정이 없어졌다. 풋내기 하루 장사꾼이
살아갈 걱정을 하지 않아도 되었으니 그날 밤은 비록 흙바닥에 거적을
깔았으나 고향 안방에서보다 편안하고 깊은 잠을 잘 수 있었다.

그러나 이런 편안함이나 평화로움도 오래가지 못했다. 유엔군과 국
군이 거듭 패전하여 후퇴를 거듭하고 있다는 비보 때문이었다. 포항, 안
강, 그리고 마산 근교까지 위협받고 있다는 소식이 들려왔다. 인민군은
낙동강 북쪽에 병력을 집결시키고 총공격을 준비하고 있다고 한다. 단
번에 대구를 점령하고 부산까지 밀고 내려온다는 것이다. 이제는 하루
하루의 끼니가 걱정되는 것이 아니다. 이제 막다른 골목에서 어디로 갈
수 있는가? 앞에는 넘실거리는 파도, 푸른 바다가 있을 뿐 더 이상 피할
곳이 없다. 아무리 머리를 짜내고 궁리를 해보아도 뾰족한 방도가 없다.
깊은 산속 지리산에 숨을 수 있을까? 되지도 않는 일이다. 한심한 생각
뿐이다. 최악의 경우 가족이 뿔뿔이 흩어져도 살아있고 평화가 온다면
부산 역전 파출소 앞에서 만나자고 약속했다. 비장한 각오로 그날그날

을 보내고 있었다.

오늘은 해방 기념일이다. 하루 장사를 쉬고 서대신동에 있는 공설운동장에서 거행되는 해방 축하 기념행사에 참여하기로 했다. 그다지 넓지 않은 행사장에 많은 사람들이 참석하지도 않았다. 단상에 「대한민국을 죽기로 지키자!」, 「대한민국 만세!」 이런 현수막이 몇 개 걸렸을 뿐 행사장은 쓸쓸하기만 했다. 식순에 따라 국민의례가 끝나고 "바로!"라는 구령이 있었지만 모두 얼굴을 제대로 들지 못하고 숙연한 표정들이었다. 애국가 제창도 모든 참가자들이 소리를 삼키며 목멘 소리와 눈물 속에 불렀다. 8월 15일, 해방되던 때의 감격은 어디로 갔는가? 그날의 기쁨과 환호성은 침묵 속에 사라졌다. 만세삼창의 메아리도 운동장의 담장을 넘어가지 못했다. 언제 부산이 함락될지 모른다는 알 수 없는 두려움과 슬픈 마음이 우리 모두의 가슴을 무겁게 짓누르고 있었다.

부산으로 피난 온 지 한 달이 넘었지만 영주동의 헛간방과 봉래여관 앞을 오가며 눈앞에 보이는 푸른 바다와 그 위를 무심코 날아다니는 갈매기만 볼 수 있을 뿐이었다. 유엔군과 포와 탱크 등 군 장비를 하륙하는 작업과 육중한 뱃고동소리만 들릴 뿐이었다. 그래서 오늘은 큰맘 먹고 그 유명하다는 자갈치시장과 큰 배가 지나갈 때 다리를 올리고 배가 지나간 다음에 다시 내려 사람과 자동차들이 다닐 수 있다는 영도다리를 구경하기로 했다.

처음으로 코를 찌르는 생선 비린내를 맡고 알 수 없는 여러 종류의 생선을 보면서 정신을 차릴 수가 없었다. 전쟁이 한창이고 북한군이 낙동강까지 밀고 내려와 부산이 언제 함락될지 모르는 마당에 어부들은 어떻게 저리도 많은 고기를 잡아올 수 있었을까? 사람들은 역시 위대하고 못 할 것 없이 살아갈 수 있는 존재들이라는 생각을 했다. 그때는 '아지'라는 물고기가 많이 잡히고 있던 모양이다. 싼값에 몇 마리 사들고 집에 돌아와 매운탕을 끓여 오랜만에 맛있는 저녁을 먹으니 낙동강 전선이나 부산 함락 같은 걱정일랑 모두 잊고 그날 밤은 편안하게 잘 수 있었다.

다음 날 오전 장사를 끝내고 부산에서 유명하다는 동래온천장을 찾아 나섰다. 온천장 욕탕의 열어놓은 창문으로 무럭무럭 수증기가 피어오르고, 온천 특유의 달콤한 냄새가 코를 찔렀다. 탕에서 잔뜩 땀을 흘리고 벌게진 얼굴로 따뜻한 목욕수건을 목에 걸고 나오는 욕객들과 욕탕에 들어가는 여인네들이 눈길을 끌었다. 온천장 주변에는 타월, 비누, 칫솔과 치약 등을 파는 가게들이 즐비하게 늘어섰고, 그 한 모퉁이에 앉아서 인절미 등 몇 가지 떡을 파는 할머니의 모습이 한가롭고 평화롭다. 엿장수가 두들기는 가위소리만이 고요한 주변을 흔든다. 여전히 피난보따리를 이고 진 피난민들이 몰려오고 몰려갈 뿐 그들은 말이 없었다.

지금 이 시간에도 총탄이 비 오듯 하며 포탄이 터지는 전선에서는 병사들이 수없이 죽어가고 있건만 지척에 있는 이곳에서는 사람들이 그 무서운 죽음의 골짜기를 외면하고 전혀 다른 모습의 삶을 살고 있다. 사람들이 살아가는 삶의 모습은 다 같지 않구나 하는 생각이 들었다. 이곳의 사람들처럼 살고 싶었다. 지리산에 들어가 숨거나 부산의 푸른 바다에 던져질 염려와 걱정 없는 삶을 살 수 있으면 얼마나 좋겠는가?

아침 일찍 일어나 숯불을 피워 찹쌀가루 반죽을 하고 있었다. 갑자기 하늘이 무너지고 땅이 꺼지는 듯한 폭음 소리가 들려왔다. 영도 하늘 너머 항공모함만큼이나 크게 보이는 검은 비행기들이 수백 대, 아니 그 이상으로 많은 비행기가 가득 날아오고 있었다. 그 이전에도 그 이후에도 그렇게 많은 비행기가 하늘을 가득 덮고 나는 것을 본 적이 없다. 낙동강 이북에 집결하여 총공격을 준비하던 인민군에게 무차별 융단폭격을 감행하기 위한 폭격기 편대였다. 그날 오후, 북한군의 주력부대가 폭격으로 모두 섬멸되었다는 보도가 나왔다. 시민들은 거리로 쏟아져 나와 박수치고 소리 지르며 만세를 불렀다. 승승장구하던 북한군은 패퇴하여 북으로 후퇴하고 있었다.

이제 북한군에 의한 생명의 위협은 사라졌다. 총알이나 대포알은 운이 좋으면 피할 수도 있다. 그러나 피할 자리나 숨을 자리도 없이 융단을 깔듯 퍼부어대는 폭탄을 어찌 피할 것인가? 비록 적이지만 나와 같은 나이 또래의 친구들이 인민군이라는 이름 때문에 눈 깜짝할 사이에 사지가 찢겨 죽어가는 광경을 상상해보면, 어린 마음에도 안됐고 측은했다. 그 자리에 내가 있었다면 어땠을까? 김일성 한 사람을 영웅으로 만들고, '민족의 태양'으로 떠받들기 위하여 죄 없이 죽어간 무수히 많은 병사들, 그들 속에 내가 함께 있었다면 하는 생각만으로도 끔찍했으나, 그날 밤 죽음의 공포에서 벗어나 좀 더 편안히 잠들 수 있었으니, 아마도 이것이 인간이 아닐까?

얼마 후 미국과 한국의 해병대가 역사적인 인천상륙작전에 성공하여 인천을 수복하고 서울을 탈환하여 중앙청에 태극기를 걸었다는 승전보가 들려왔다. 이런 쾌거가 있기 전에 거리에서는 여론조사가 하나 진행되고 있었다. 서울을 비롯한 북한군의 점령지역에 폭격을 감행하여 많은 건물과 가옥이 파괴될 수도 있는데, 이것은 전술상 필요한 조치로서 이 작전에 의하여 시민의 가옥이 파괴되는 것을 감내하며 찬성할 수 있는가 하는 설문이었다. 건물이 모두 부서져도 작전의 성공을 위하여 100% 찬성한다는 여론조사 결과가 나왔다. 결국 서울은 그 모습을 알아볼 수 없을 정도로 처참히 파괴되었으나 그것을 두고 원망하는 사람은 없었다. 모두 함께 만세를 부르며 승전을 축하했을 뿐이다. 가옥과 건물의 파괴 그리고 승전의 기쁨이 교차하는 틈바구니 속에서 만세를 부르는 일은 겪어보지 않은 사람은 이해할 수 없는 일이라고 생각한다.

　　서울 수복 후 국군과 유엔군은 그다지도 굳게 닫혀 있던 38선의 두꺼운 장벽을 허물고 해주, 원산, 함흥, 평양을 거쳐 두만강에 이르러 두만강 물을 떠다가 경무대의 이승만 대통령에게 전했다는 소식이 들려왔다. 이제 서울 집으로 돌아갈 수 있다. 어렵게 한강 도강증을 얻어 정들었던 영주동 헛간 보금자리를 떠나 화물차 지붕이 아닌 서울행 객차로 부산을 떠나는 행운을 얻었다. 짧은 기간이었지만 갖은 어려움 속에서 나와 가족을 지켜준 바다의 도시. 인심 좋고 친절했던 부산 시민들. 영주동 고갯마루의 꽈배기 좌판 앞으로 내려다보이는 부산의 푸른 바다. 넘실거리는 파도와 묵직하고도 평화로운 이국적 정서를 가득 품은 뱃고동소리의 전송을 받으며 부산을 떠난 날은 영원히 잊지 못할 추억이 되었다. 부산은 나와 우리 겨레와 국가를 '태양'의 사나운 태풍으로부터 지켜준 생명의 도시였다. 부산이여, 영원하라!

3. 5사단 35연대 소속 전석린 이등병

　　중공군이 두만강을 건너 대거 남진을 계속한다는 소식이 뒤따랐다. 1.4후퇴가 시작된 것이다. 섣달의 매서운 바람이 뼛속까지 파고드는 겨울이었지만, 전쟁 초기 피난을 가지 못하고 남아서 고생했던 사람들이 너도 나도 피난길에 나서면서 서울은 온통 북새통을 이뤘다. 우리 학도 선무공작대원들은 피난길을 떠나지 않고 자진하여 군에 현지 입대하기로 합의를 보았다. 지금이야 신병으로 입대한다면 친구나 애인, 가족이 모여서 환송회 등을 열고 입대하는 훈련소 앞까지 쫓아가 환송해주는 넉넉함이 있다. 그러나 그때는 부모형제, 친구는 물론 애인까지도 모두 피난길을 떠났으니 환송회 같은 일이 있을 수 없다. 모래바람 휘몰아치는 청량리역 광장에 3백여 명이나 되는 학생들이 모인 것이다. 여기저기 모여서 침묵 속에 말들도 없다. 북쪽 하늘에서 포탄 터지는 형광이 희미하게 하늘을 물들인다. 모두 살 길을 찾아 남으로 내려가는데, 생사를 알 수 없는 전쟁터로 자원한 젊은이들이다. 모든 것이 불안하고, 생사의 갈림길에 서 있다. 첫 피난길에 대전역에서 처음 만났던 미군 병사들의 초조하고 우울했던 모습이 떠올랐다. 아마도 그들도 우리와 같은 심정이 아니었을까? 그보다 더한 회의에 빠져 있었을지도 모른다. 그래도 우리는 우리나라와 국민을 지키기 위해 이 자리에 있지만, 그들은 무엇 때문에 모든 좋은 조건을 뒤로하고 남의 나라 전쟁에 생명을 내놓았는가? 그 후로 유엔군에 대한 고마움과 감사하는 생각을 잊은 적이 없다.

다행히 화차 칸이 아닌 객차 칸에 몸을 싣고, 우리가 탄 기차는 춘천을 향해 달렸다. 가다 서다를 반복하면서 새벽녘에야 춘천에 도착했다. 포성은 들리지 않았으나 포탄 터지는 형광이 하늘을 밝히고 있었다. 적군이 더 가까이 다가온 것이 아닐까? 봉의산 밑 초등학교에 도착했다. 국군 5사단 35연대가 임시로 연대본부로 사용하고 있는 병사였다. 무를 썰어 넣고 끓인 국에 일본군 반합에 담긴 단무지 몇 조각이 식사의 전부였다. 무섭게 추운 밤, 난로 하나에 장작을 지피고 냉기도 제대로 가시지 않은 교실 마루방에서 등록을 마친 후 군 작업복과 철모, 군 농구화를 지급받고 대한민국의 이등병 군인이 되었다.

군번도 수령 받고 M1 소총도 지급받았다. 그동안 피난생활과 수복 후의 생활형편뿐 아니라 잘 먹지도 못한 내 열일곱 살의 몸과 연약한 체질 때문에 M1 총은 무거웠고 다루기도 어려울 것 같았다. 체구가 큰 미군들이 다루기에 알맞게 만들어진 것이라 그랬을 것이다. 그래도 이것이 나의 생명을 지켜줄 무기이니 그 제원과 소총 분해·결합을 열심히 따라 했다. 오후에는 학교 옆의 눈 덮인 밭떼기에서 생전 처음 해보는 분대각개 전투훈련을 실시했다. 포복하여 엄폐물까지 약진하고 돌격하라는 지시에 따랐다. 그 이튿날 M1 소총 실탄 8발씩을 지급받고 인근 야산에 올라가 실탄 8발을 발사하니 신병훈련이 다 끝났다고 한다. 이제 전투에 직접 참전하는 일만이 남았다. 선임 분대장이 "너희들은 그래도 신병훈련 잘 받은 셈이다. 개전 초기의 학도병들은 총 한 방 쏴보지도 못하고 실전에 참전했다"고 말했다. 그러니 우리는 행복한 신병들이라는 것이다. 우리는 간밤에 배운 35연대 연대가를 부르며 귀대했다. 그때 한 번 배우고 귀대하면서 불렀던 연대가가 지금도 아련히 귀에 들려오는 것 같다. "창공에 휘날리는 태극기를 우러러…" 푸른 하늘 높이 태극기를 올리고 지켜야 한다는 내용인데, 지금 그 뒤 가사 구절이 기억나지 않으니 아마도 세월이 흘러가고 기억력이 줄었기 때문이라고는 해도 섭섭한 마음이 든다.

제대로 난로도 피우지 않은 넓은 교실 마룻바닥에 모포를 포개어 한 장은 깔고 한 장은 뒤집어썼으나 추위와 함께 이런저런 생각에 잠이 올 리 없다. 옆자리의 친구도 몸을 뒤척이며 잠을 이루지 못한다.

"잠이 오지 않는가 보지요? 우리 서로 알고 지냅시다. 나 전석린이오."

"난 서울중학교 5학년 다니다 온 박천식이라 합니다."

"박 형, 우리 이 전쟁 통에 죽지 않고 제대하면 중학교에 복교해야지, 무엇 하겠소."

"그런데 어제 화랑담배 지급받았고, 미 고문관이 양담배와 양주 조금씩 나누어주지 않았소. 입대 전까지 학교에서 담배 피우지 말라 술 마시지 말라고 했는데, 하루 만에 우리의 처지가 달라지고 말았지요. 군대 생활 하면서 중학생으로 할 수 없는 이런저런 일 다 하고 나면 살아 돌아가도 중학생이 제대로 될 수 없을 것이오. 그러니 군 생활하는 동안 우리 술담배 하지 맙시다."

"우리 그리 하기로 약속합시다."

누가 지시하지도 않았고 그렇게 할 것을 말한 바도 없는데, 열일곱 살 어린 소년병들이 스스로 그런 생각을 하고 약속한 것을 지금 생각하면 스스로 자랑스러움을 금할 수 없다. 우리는 사춘기라는 것을 모르고 지냈다. 총탄과 포탄이 작렬하고 삶과 죽음의 골짜기를 헤매면서 사춘기라는 말은 너무나도 사치스러운 것이었다. 총탄 속에 사춘기를 빼앗긴 세대라 할 것이다.

박 군과는 중대가 갈려 그 후 만나지 못했으나, 나중에 육군병원에서 그와 같은 중대의 전우를 만나 그가 제천에서 충주로 후퇴하는 전투에서 전사했다는 소식을 듣고 슬픔에 가슴이 저며왔다. 그와의 약속을 나만이라도 지키겠다고 다짐했다. 군 생활을 하는 동안에는 물론 제대하여 복교하고 대학을 마칠 때까지 담배와 술을 입에 대지 않았다. 졸업 후 중학교 교사로 근무할 때나 경찰간부로 경찰에 투신하여 경찰서장으로 근무할 때까지 찾아오는 내방객을 접대할 목적으로 뻐끔담배를 피웠으나 제대로 입에 댄 적이 없다. 제대 후 집안 사정 때문에 동대문시장 노점에서 소주와 약주를 파는 대포장사를 1년 넘게 했지만, 술을 입에 대지 않았던 일은 박 군과의 약속을 생각하는 마음으로 그럴 수 있었다.

중학생, 고등학생들의 담배 피우는 일에 대하여 기억하는 잊지 못할 일이 있다. 서울에서 중학교 1학년 때의 일이다. 주말에 변두리 둑방 길을 산책하고 있었다. 제방 아래쪽에서 같은 학교 상급생으로 보이는 선배들이 담배연기를 날리며 야단들이었다. 그냥 지나치면 될 일인데 그러지 못하고 거침없이 그들에게 쫓아내려갔다. 두 손을 허리에 꽂고 선배들에게 큰 소리를 쳤다. 그들은 학교 선배들 중에서도 알아주는 깡

패들이었다.

"학생의 본분을 지키세요. 학생이 담배 피워도 되는 거요? 선배면 후배들에게 모범이 되어야지요. 학생의 본분을 지키세요!"

이렇게 큰 소리로 대들자, 우락부락한 선배가 다가왔다.

"야! 꼬마야, 담배 좀 피우면 어때? 네가 참견할 일이 아니야! 코피 터지기 전에 빨리 꺼져. 이 자식 1학년 반장이지? 지난 웅변대회에서 아주 큰소리친 꼬마야. 봐준다! 봐줘! 빨리 꺼져!"

그러나 순순히 물러나지 않고 학생의 본분 운운하며 그 자리를 피한 적이 있었다. 그래도 코피는 터지지 않았던 것이 다행한 일이었고, 그때 그 시절에는 깡패학생도 그런대로 너그러웠고 존경스러운 점이 있지 않았는가 여겨진다. 집단 따돌림, 집단 구타가 오늘날 학원가에 넓게 퍼진 것을 보면서 우리 아이들이 왜 이렇게 험해졌는가 하는 걱정이 된다. 그리고 나는 그때 대단한 모범생이 아니었는가 하는 생각과 주먹은 없었으나 용기 있는 학생이었음을 대견스럽게 생각한다. 그러니 박천식 군과의 약속을 일생 동안 지킬 수 있었다고 자랑하고 싶다.

사람이 살아가는 데는 누구나 어떠한 목표와 목적이 있다. 그리고 그러한 목적을 달성하는 일을 하는 데 어려움이 따르고 고통스러운 일이 있을 수도 있다. 그러나 그 일을 하는 것이 그가 추구하는 목적을 이루는 데 필요한 것이면, 그것을 힘써 해야 할 것으로 안다. 또 이와 반대로 어떤 일을 좋아하고 하고 싶어도 해서는 안 되는 일이면, 자신의 욕구를 억제하고 그런 일을 하지 말아야 한다. 이런 일들을 외부의 간섭이나 강요에 의해서가 아니라 스스로의 지성이 결정하는 대로 따르는 것이 자율이다. 앞으로 긴 인생길을 살아갈 청소년들, 젊은이들은 자신들의 인생을 위하여 이러한 자율의 원리를 자신의 것으로 삼아야 한다고 본다. 이미 앞에서 썼지만 학도병 입대 후 그 살벌한 생의 현장에서 나와 박천식 군이 나눈 대화는 자랑스러운 것이었다고 믿고 있다. 오늘날 우리의 생활여건이나 환경은 과거보다 많이 개선되었다. 문화생활의 여건도 많이 좋아졌다. 그러나 어려움을 이기고 앞날의 꿈을 이루기 위한 '자율'적 생활을 위한 노력이 부족한 것으로 여겨 걱정이 된다.

북쪽 하늘이 갑자기 대낮처럼 밝아진다. 북한군이 더 가까이 밀고 내려온 모양이다. 우리는 뿔뿔이 흩어져 각기 다른 중대와 소대로 배속되었고, 후퇴작전에 참여하게 되었다. 춘천에서 원주를 거쳐 제천으로 이어지는 고갯길은 구절양장이라는 강원도 산길보다 높고 꼬불꼬불했다. 행군을 하면서도 우리가 가는 곳이 어디인지 알 수 없었다. 소대장과 분대장이 가는 대로 따라갈 뿐이었다. 앞으로 어떤 일이 벌어질지는 더더욱 알 수 없었다. 이 모든 것을 모르니 더욱 답답하고 힘이 들었다. 얼어붙은 길을 행군하다가 갑작스럽게 무릎까지 빠지는 산을 기어오르고, 분대장이 지시한 대로 눈을 치우고, 야전삽으로 얼어붙은 땅을 파서 개인호를 만들기도 했다. 그런 일에 익숙지 못한 나에게는 그리 쉬운 일이 아니었다. 군 농구화는 눈에 젖어 얼어붙었다. 겨우 개인호 파는 일을 끝내고 흙더미 위에 앉아 있는데, 그 힘들게 파서 만들어놓은 개인호를 버리고 후퇴하라는 명령이 떨어졌다. 젖어 얼고 물집으로 부르튼 아픈 발을 끌며 다시 고갯길에 나와 행군이 계속되었다. 하루 반이 지났으나 얼어터진 주먹밥 한 덩어리도 주어지지 않았다. 겨우 배당된 군용 건빵을 씹으며 눈으로 물을 대신했다. 그러다가 얼마간의 행군 끝에 옆에 있는 산 능선으로 기어오르게 되었다. 다시 눈을 치우고 개인호 파는 일이 계속되었고 또 불시에 후퇴명령에 따르게 되었다. 이것이 아마도 후퇴작전이라는 것인가? 젖었다 녹았다 얼어붙은 발과 손은 점점 감각이 무디어지는 듯했다. 감각이 무디어지니 아프고 쓰린지도 몰랐다. 농구화는 이유 모르게 발을 조이고 압박하고 있었는데, 그것을 풀어서 살필 여유도 없었다. 농구화 옆을 단검으로 찢어서 압박받는 발을 조금 풀어 주었다.

다행히 그날은 개인호를 다 파고 분대장의 지시대로 전방의 동향을 특별히 경계하라는 명령대로 전방을 주시하고 있었다. 후퇴명령도 없었다. 보름달이 휘영청 밝았다. 전방에는 아무런 동향이 없었고 길게 늘어선 높고 낮은 산에 흰 눈이 덮였을 뿐이다. 흰 눈 덮인 산 능선에 엎드린 나에게는 아무런 생각도 없었다. 학도병에 지원하면서 나라를 지키겠다는 의지와 용감했던 생각도 기억나지 않았다. 바람소리만 스산할 뿐 모든 것이 죽어 조용한 산골짜기가 텅 비어 있었고 나의 머리에도 아무 생각이 없었으니 역시 나도 공(空)의 세계 속에 떨어져 있었던 것이 아닐까? 한없이 무력한 나를 돌아보며 서글픈 생각뿐이었다.

> 삭풍은 나무 끝에 불고 명월은 눈 속에 찬데
> 만리변성에 일장검 짚고 서서
> 긴파람 큰 한 소리에 거칠 것이 없어라

나뭇가지 위에 쌓였던 눈들이 바람에 날려 안개처럼 시야를 가리며 날고 있었다. 김종서 장군의 시를 마음속으로 외워보았다. 씩씩한 기상과 호기로운 기운에 가슴이 벅찼다. 밝은 달과 흰 눈으로 겹겹이 덮인 산하(山河)에 긴 칼 옆에 차고, 큰 한 소리로 능히 적을 물리쳐버리겠다는 기개가 눈에 보이는 듯 부러운 마음이 가득했다. 그러나 그런 일은 마음 속에 맴돌 뿐 그때 나에게는 그렇게 소리칠 힘도 없고 그럴 만한 체력도 없었다. 무력하게 육군 이등병으로 눈 속 참호 속에 엎드려 있는 자신이 한없이 부끄럽고 한심하여 자신의 무력이 미워지기까지 했다. 그러나 어찌하랴! 삭풍 몰아쳐 불며 겹겹이 눈 쌓인 산속에 밝은 달빛 받으며 이등병 병사로서 추위와 싸우며 떨고 있었다. 흔히 전쟁영화 등에서 볼 수 있었던 용감한 병사들처럼 싸우지도 못하면서 동포와 나라를 지키겠다는 맹세는 어디로 갔는가? 나는 부끄럽지만 이렇게 연약한 병사였다.

이런 생각도 잠시일 뿐 또 하산 후퇴명령을 받았다. 힘에 겨운 M1 소총을 겨우 메고 산을 내려와 다시 걷기 시작했다. 며칠 동안 얼어붙은 주먹밥 한 개로 끼니를 때운 허기진 연약한 체력은 더 걸을 수 없는 무력증에 그 자리에 주저앉고 말았다. 팔과 다리에는 순식간에 힘이 쭉 빠지고 정신이 몽롱했다. 아마도 이런 경험은 일찍이 경험한 바 없었다. 그때는 나만이 그런 허망한 일을 겪었으나, 나와 같은 분대의 전우들 가운데에서 후에 나와 같은 일을 겪는 것을 볼 수 있었다. 그래도 나보다 나은 전우들이 있어 M1 소총을 받아주고 양쪽 겨드랑이를 부축받아 겨우겨우 고갯길을 넘을 수 있었다. 그런 비참한 꼴을 겪고 팔다리에 다시 힘이 찾아오면 정신은 맑아지고 조금씩 기력을 찾아 행군을 할 수 있었던 것도 이상했던 것을 오래도록 기억할 수 있었다. 그때 옆에 있었던 전우들의 도움이 없었다면 그곳에서 동사했거나 포로가 되었거나 적에 의해 사살되었을 것이다. 그러나 그때 내 옆에는 좋은 분대장이 있었고 무거운 총과 짐을 받아주는 고마운 전우들이 있어 다시 기력을 찾아 그 험하고 긴 고개를 넘을 수 있었으니, 지금은 얼굴도 이름도 기억나지 않는 그 친구들에게 감사하는 마음밖에 없다. 동시에 그런 연약한 체력으로 조국을 지키겠다고 나섰으나 아무런 전공을 세움도 없이 무력했던 자신이 군과 전우와 국민에게 죄송스러운 생각으로 군 생활을 하고 있었다.

천신만고 끝에 충주의 강가에 도착했는데, 군용 농구화가 발을 못 견디게 압박하기 시작했다. 농구화 끈을 풀어버리고 농구화 옆을 대검으로 찢어보았지만 조금도 나아지지를 않았다. 그때 나는 내 몸의 이상을 살피지 못한 채 그 원인을 알지 못할 만큼 둔한 편이었다. 그 발로 경북 영주, 풍기까지 행군하고 참호를 파고 걸어가면서 전우의 수류탄 오발로 약간의 파편상을 입은 상태를 무릅쓰고 걸어갈 수 있었던 것은 지금 생각해도 기적 같은 일로 기억된다. 풍기의 넓은 들판에 병력이 집결하여 흩어졌던 군을 재정비하고 있었다. 하늘에서는 수송기들이 무기와 탄약, 야전식량을 공수해주고 있었다. 군의관의 명령이 떨어졌다.

"더 이상 전투에 참가할 수 없다고 생각되는 병사는 열외로 나오라."

그때 군의관 옆에 있던 분대장이 말했다.

"전 이병의 동상과 파편상이 악화되고 있습니다."

농구화 끈을 풀고서 옆을 찢어놓은 것을 보고 신을 벗으라는 명령이 떨어졌다. 손과 발이 동상으로 무섭게 부어올랐고, 옆구리의 파편상으로 열이 오르고 있었다. 후송한다는 지시에 따라 앰뷸런스에 실려 경주 18육군병원으로 이송되었다.

악화되는 파편상과 동상 치료를 받게 되었다. 눈과 얼음으로 뒤덮인 산속에 두 달 동안이나 얼었다 녹았다 하면서 한 번도 말라보지 못한

발과 손가락은 난로를 피워놓은 병실에 들어오면서 더욱 악화되어 일어서거나 걸을 수도 없어 화장실에 가고 올 때면 엉금엉금 기어 다닐 수밖에 없었다. 그 당시 육군병원에 휠체어가 있을 까닭이 없었기 때문이다. 군의관과 간호사들이 나를 치료하면서 하는 말들을 들을 수 있었다. 엄지발가락과 손가락의 동상이 심하여 그대로 치료될 것 같지 않았다. 그대로 두면 썩어 들어가 손목과 발목을 잘라야 할지 모르니 지금 손가락과 발가락을 자르고 치료해야 한다는 것이었다. 그러면서 절단수술을 준비하고 있었다.

순간 정신이 번쩍 들어 큰소리로 외쳐댔다.

"절대 절단할 수 없습니다. 가능한 범위에서 치료하는 일에 최선을 다해 주십시오. 절대 절단수술은 받을 수 없습니다."

한낱 이등병 병사가 큰소리치고 발버둥 치며 수술실 군의관들에게 강력하게 대들며 반항했다. 결국 절단수술은 하지 않았고 그대로 치료를 받아서 상처가 순조롭게 치료되었다. 수술실에서 병사가 군의관들의 지시를 어기고 소리치며 저항한 결과 손가락, 발가락의 절단을 막을 수 있었다. 세월이 흘러 60여 년이 지났지만 지금도 엄지손가락의 손톱은 제대로 자라지 못하고 기형적인 모양이 되어 있다. 추운 겨울이면 손끝이 무척이나 차고 시리다. 지금 그 엄지손가락으로 펜을 잡고 이 글을 쓰다 보니 만감이 오간다. 동상은 그렇게 무서운 것이고 전쟁은 멀쩡한 젊은이들을 불행 속에 몰아넣는 인간 최대의 악이라는 생각이다. 지금도 시간이 있으면 홍천, 원주, 제천, 충주의 고갯길과 눈 덮인 산과 능선을 찾아보지만 너무나 많은 것들이 변하고 발전하여 옛 모습을 찾을 수 없고 분명한 옛 모습도 볼 수 없다. "손가락과 발가락을 잘라야 한다."

"절대로 그럴 수 없습니다." 그때 그 소리를 아련한 추억 속에서 들을 수 있을 뿐이다.

나는 말단병사였기 때문에 전세의 흐름을 알 수 없었고, 전술에 대해서도 아는 바 없었다. 더욱이 1.4후퇴와 중공군이 춘기 공세전투에 참전하면서 진격과 공격작전을 경험하지 못하고 후퇴와 방어전에 참전했을 뿐이다. 사람들은 누구나 자기가 경험한 일이 가장 힘들고 어려웠다고 말하듯 나 역시 그러하다. 끊임없는 후퇴와 방어전은 공격전에 비하여 그 희생이 적을지도 모르나 더 고통스럽고 어려운 것으로 느낀다. 그러나 지금 다시 생각해보면, 그 당시 나의 연약한 체력과 전투경험을 가지고 김일성 고지나 피의 능선을 공격하는 공격부대에 참전했다면 백번 살아남지 못했을 것이다. 지금 이러한 보잘것없는 글을 쓸 수 있는 것도 그런대로 후퇴와 방어작전에 참가했기 때문이 아닌가 생각한다.

나는 학도병으로 군에 입대하면서 자유를 지키고 국가를 위하여 훌륭한 군인이 되겠다는 강한 의지와 신념에 차 있었다. 그러나 나의 몸과 체력은 그러한 의욕을 뒷받침해주지 못했다. 대개의 경우 전우들에게 부담스러운 존재였고, 입대 전의 의지를 실천에 옮기지 못한 나약한 병사였다. 돌아오지 못한 해병 같은 용감한 전투도 하지 못했고 전공을 세우지도 못했다. 국가 방위에 큰 공을 세운 것도 아니다. 용감하게 싸워준 국군 선후배 장병들에게 죄송하고 감사한 마음으로 오늘까지 살고 있다.

제대하는 날 두 가지 생각을 마음속에 다지고 있었다. 그 많은 총탄과 포탄 속에서 살아남아 제대할 수 있었던 행운을 일생 동안 감사하며 살아가겠다, 군에서 연약한 체력 때문에 다하지 못했던 일 대신에 내가 정신적으로 할 수 있는 만큼 국가를 위한 일을 충실하게 수행하겠다는 것이 그 하나였다. 또 하나는 단 며칠간 만났던 사이지만 함께 소년시절을 단정하고 성실하고 모범적인 삶을 살아가겠다는 약속을 했던 박 군과의 다짐을 마음속에 간직하고 살아가자는 것이었다.

이 두 가지 약속을 얼마만큼 지켰는지는 잘 모르나, 제대 이후 오늘날까지 내가 살아온 자취를 돌아보면 크게 부끄러운 것이 없었다고 자부한다. 제대 후 오늘날까지 약속대로 담배를 피우지 않았고, 동대문시장에서 가족의 생계 때문에 일 년이 넘게 소주와 약주 등 대포장사를 했으나 술을 입에 대지 않았다.

막상 제대를 했으나 그리도 바라던 학교에 복교할 수는 없었다. 폭격으로 집은 파괴되고 가친은 집안의 생계를 꾸려가지 못했다. 우선 생활을 해야 했다. 그러나 수중에는 장사를 할 밑천도 없었다. 섣달 살을에는 추운 겨울 속에 할 일을 찾아 동대문시장 안을 맴돌고 있었다. 부산 피난생활에서 꽈배기 장사로 생계를 꾸려가던 일을 생각하며 계속 거리를 돌아다녔다.

1.4후퇴 때 함흥에서 피난 왔다는 형제가 광장시장 입구 동원극장 뒷골목 모퉁이에서 오징어 튀김을 안주로 소주와 그 당시 노란 색깔의 약주를 팔고 있었다. 나도 목판 옆에 술 항아리 두 개를 놓고 그 위에 대포사발 20개 정도 준비하면 장사를 할 수 있었다. 그 이튿날부터 포장마차도 없이 흙먼지 날리는 길모퉁이에서 목로 대포장사를 개시했다. 부산에서 꽈배기 장사를 경험했고 피난살이가 아닌 본격적인 생활수단으로 시작한 일이었다. 학교에 복교하는 것이 희망이며 꿈이었기에 앞뒤가리지 않고 열심히 술장사의 길을 걸을 수 있었다. 아침 일찍부터 미군

군복이나 속내의 그리고 물들인 군복을 어깨에 메고 목에 두르고 시장 거리를 소리 지르며 장사하는 아저씨들, 지금처럼 라면도 없던 시절에 아침밥을 챙겨먹고 나온 분들이 몇이나 되었을까? 몰아치는 엄동설한의 추위 속에 거리를 누비는 장사치가 그 배를 다스리는 길은 값싼 소주대포 한 사발 마시고 얼큰한 기분에 "따뜻한 내복 사려~" 이렇게 소리 지르며 시장바닥을 누비던 때였다.

이분들의 사정을 알고 나서 오징어 튀김 대신 녹두 빈대떡으로 안주를 바꾸기로 했다. 녹두를 사다가 불려서 갈고, 동대문 야채시장에서 양배추와 배추껍데기를 주워다가 다듬고 썰어서 소금에 절인 것을 가지고 솥뚜껑 엎어놓은 위에다 빈대떡을 부치기 시작했다. 시장 장사꾼들은 아침마다 대폿잔으로 소주 한 잔에 빈대떡 두세 조각을 먹고 갔다. 배 속에 기름기는 없고 아침밥도 거르고 나왔으니 빈대떡은 그들의 아침식사를 대신해주는 듯했다. 비록 미군부대에서 한 번 쓰고 남은 기름이었지만, 그때 우리에게는 너무나 귀한 튀김재료였던 쇼트닝을 흠뻑 둘러 지글지글 부쳐낸 빈대떡은 거리의 장사꾼들에게는 크게 인기 있는 음식이었다. 나중에 안 일이지만, 부근에 빈대떡 부치는 대포장사도 있었으나 그들은 대개 비싼 녹두 값을 아끼느라 콩비지를 섞어 쓰거나 기름을 아끼느라 살짝 익힌 빈대떡을 팔기도 했다. 그러니 순 녹두로 만들고 기름을 아낌없이 써서 지져낸 빈대떡에 비교가 되겠는가? 곧 입소문이 나기 시작했다.

그 당시 서울의 대표적인 교통수단은 전차였다. 영등포역, 마포나루, 청량리, 왕십리, 돈암동, 신촌 등에 전차 종점이 있었다. 그 먼 곳에서 하루 장사를 끝낸 장사치들이 소주 한 잔에 빈대떡 몇 조각 먹으려고 동대문시장으로 꾸역꾸역 모여들었다. 어떤 때는 이 성찬을 맛보기 위하여 노점상 앞에 줄을 서서 기다리는 진풍경도 벌어졌다. 저녁에 장사가 끝나면 양조장에 갖다줄 술값과 이튿날 장사할 녹두 값을 떼어놓아도 돈 항아리가 채워졌다. 이제 살아갈 걱정은 없어졌다. 동생들을 먼저 학교에 보내고 꿈에 그리던 나의 복교만 남았다.

4. 경동고등학교의 모범생

아침 일찍 일어나 주변을 청소하고 지난 밤 통근 사이렌이 울릴 때까지 미루었던 설거지와 아침에 갈아야 할 녹두를 갈고 학교에 등교했다. 학교에 가기 전에 집에서 공부할 시간은 없었다. 상이군인 작업복으로 갈아입고 밤늦게까지 대포장사와 관계되는 일을 해야 했기 때문이다. 그때의 학제는 4월에 신학년 개학이었다. 6.25가 6월에 일어났으니 4학년 과정을 겨우 두 달 마친 셈이었다. 교과서도 제대로 지정되지 못한 상태였다. 복교하고 보니 동기생들은 고3(6학년)인데 중간고사가 약 한 달 반 앞으로 다가왔다. 할 수 없이 한 학년 낮추어 고2에 등록을 했다. 집에서 공부할 시간이 없으니 학습문제는 학교에서 해결해야 했다. 등교하여 책상에 앉게 되면 특별히 화장실 가는 시간 외에는 자리를 뜨지 않았다. 한 시간 수업이 끝나고 10분 쉬는 시간이 내가 활용할 수 있는 복습·예습 시간이었다. 얼마나 모범적인 학생이었던지 내가 집에서 대포장사하는 걸 아는 친구들도 없었고, 또 내가 왜 자리에 앉아서 쉬는 시간에도 쉬지 않고 공부에 열중하고 있는지를 안 동급생도 없었다. "전석린 저 녀석은 쉬는 시간에도 쉬지 않고 공부한 공부벌레였다." 이렇게들 기억하고 있다.

친구들의 노트를 빌려서 밤을 새우기도 했고 정말 열심히 공부했다. 고3으로 진급할 때는 복교한 지 불과 5개월밖에 되지 않았지만 평균 88점으로 반에서 앞선 그룹에 속할 수 있었다. 고3 진급 후에는 반장이 되었고, 학생위원회의 규율부장과 학생 대대장직을 맡게 되었다. 휴전협상이 진행되고 한 치의 땅이라도 더 차지하기 위해 전선은 개전 이후 최고의 격전장으로 치닫고 있었다. 거의 매일 북진통일을 외치며 휴전반대 데모가 계속되던 때였다. 학생들은 미군부대나 일반 사업장에서 일하다 돌아온 탓에 대개 머리를 기르고 있었고, 어떤 친구는 반지르르하게 포마드로 치장하기도 했다.

문교부에서 고등학생들의 기강을 잡는다고 전국 고교에 삭발령이 내려졌다. 집에 돌아오는 길로 동리 이발관에서 3부 머리도 아닌 빡빡머리로 깎았다. 월요일이 되어 정문에서 모자를 벗겨보니 대부분의 학생들이 머리를 깎지 않았다. 교장선생님을 비롯한 모든 선생님들이 나오시고 아침 전교 조회가 시작되었다. 훈육주임 선생님이 학생들에게 모자를 벗으라고 하셨다. 그러나 머리를 깎은 학생은 별로 없었다. "대대장, 조회대로 올라와!" 그러고는 모자를 벗으라신다. 빡빡머리다. 교장선생님에게 허락을 받고 학생들에게 한마디 했다.

"지금도 전쟁은 계속되고 있다. 비 오듯 퍼붓는 총탄과 포탄 속에서 삶과 죽음을 알 수 없는 전쟁터에서 우리 또래의 친구들이 머리를 깎으라는 지시를 받는 곳이라도 공부하기를 바라고 있다. 머리를 깎고 안 깎는 일이 뭐 그리 대수란 말인가? 우리는 지금 대단히 행복한 환경에서 살고 있다. 학교를 졸업하면 누가 머리를 깎으라고 할 것인가? 우리는 학생이다. 학생의 본분이 무엇인가? 내일 우리의 큰 꿈을 이루기 위해 머리 깎는 것 같은 작은 일에 연연하지 말자! 내일 우리 다 같이 머리를 깎고 오자!"

경동고등학교는 그때 전국에서 전교생이 제일 먼저 머리를 깎은 학교였을 것이다. 지금 생각해도 자랑스럽다.

내가 다니던 학교가 부산에서 서울로 돌아오지 않아서 나는 경동고등학교로 복교한 편입생이었다. 그러나 교칙을 성실하게 지켰고 공부도 게을리 하지 않았다. 고등학교를 겨우 1년 반 동안 다니면서 시장바닥에서 대포장사를 하면서도 술과 담배를 한 적 없고, 반의 친구들도 내가 하교 후 술을 팔고 있다는 사실을 알지 못했다. 그러나 졸업 때에는 교육감상 다음으로 큰 상이라 할 수 있는 학교장상, 우등상, 개근상까지 받는 영예를 안을 수 있었다. 며칠 동안 같은 병사에서 지낸 박 군과의 약속을 저버린 적이 없었다. 일찍이 전사한 친구의 몫까지 열심히 살아야겠다는 생각을 때때로 되살리곤 했다.

5. 남산직업소년학교에서 만난 김은숙

연세대학교 법과에 입학하여 열심히 공부해보겠다고 굳게 다짐했다. 학교수업이 끝나면 집에 가지 않고 언더우드관(지금의 본관) 3층에 있었던 도서관 구석에 자리를 잡고 고전을 찾아 읽기 시작했다. 처음 일문으로 된 플라톤의 《공화국》을 읽었고, 일본 사람이 쓴 《현대인의 불교》를 읽었다. 기독교의 구약성서를 창세기부터 읽기 시작했고, 신명기, 레위기의 순서로 읽어가고 있었다. 이러한 독서는 내가 이후에 이상주의와 공산주의를 공부하고 이해하는 데 많은 도움이 되었다. 종교 서적을 계속 읽었으나 지식으로 알 뿐 신앙심은 없었던 것 같다. 주일마다 한경직 목사님의 주옥같은 설교도 빼놓지 않았으나 구원의 신앙심은 없었던 것 같다. 토머스 모어의 《유토피아》를 여름방학 시작 전에 읽었다. 재산공유의 이상과 노동의 가치, 가정생활과 국가생활 등 이제까지 알지 못했던 인간생활공동체와 국가가 어떠해야 하는가에 대한 그의 논의에 대해 깊은 감명을 받았다. 과연 인간이 그가 제시한 대로 살아갈 수 있을까? 전쟁의 소용돌이에서 파괴되고 죽어가는 현실 속에서 살아온 나에게는 믿을 수 없는 환상이 아닌가 여겨졌다. 그러나 비록 이룰 수 없는 희망이며 꿈일지라도 너무나도 아름다운 것이기에 거듭 몇 번이고 읽고 또 읽었다. 이것은 후에 내가 고대에서 현대에 이르기까지의 이상주의를 더 깊이 알고자 하는 학문적 열정을 자극했고, 인간의 생활공동체에 관한 깊은 통찰을 하는 데 도움이 되었다.

1학년 1학기 여름방학이 시작되었다. 폭격과 포격으로 신세계백화점과 한국은행 건물의 일부가 남아 있을 뿐 남대문과 명동 입구 쪽에는 온전한 건물을 찾아볼 수 없었다. 중앙우체국 자리에는 몇 개의 기둥만이 서 있을 뿐 그 흔적조차 찾아볼 수 없을 정도로 처참히 파괴되어 있었다. 다행히 신세계백화점이 살아남아서 주한 미군의 PX로 사용되고 있었다. 일선에서 휴가 나온 미군이나 서울 주변에 주둔하고 있는 미군의 백화점이 된 것이다. 자연히 미군을 상대로 한 장사꾼들이 모여들었고, 미군의 구두를 닦는 구두닦이 소년들이 모여들었다. 전쟁으로 부모를 잃은 전쟁고아들과 무작정 상경한 소년소녀들이 그곳에 모여서 북새통을 이루었다.

이렇듯 파괴되고 폐허가 된 거리에서 마치 하늘에서 들려오는 듯한 천사의 노랫소리가 들려오고 있었다. 모든 것이 부서지고 살기 위한 사람들의 아우성 소리에 섞여 들려오던 소년소녀들의 합창소리는 그 당시 내게는 천사들의 소리로 들렸다. 그 이후 이때보다 나를 더 감동케 한 합창소리를 들은 적이 없다. 가슴을 울리는 감동의 소리였다. 나도 모르는 사이에 그 소리가 들려오는 폐허의 중앙우체국 속으로 찾아 들어갔다. 백여 명이 넘는 아이들이 구두닦이 통을 깔고 앉아 있었고, 작달막한 키의 순경이 그들의 노래를 지휘하고 있었다. 그때 그 순경의 이야기에 아이들 모두가 크게 웃고 있었다. 그 순경이 바로 후에 남산직업소년학교의 교장이 된 권응팔이었다. 그는 후에 우리나라 사립초등학교의 명문이 된 리라초등학교를 세우고 교장이 된 사람이다. 초등학교 1학년부터 중학교 3년 과정을 교육하고 있었다. 그를 만나서 내 소개를 하고 하시는 일에 동참할 수 있도록 청했다. 서울대, 연세대, 고려대, 동국대, 이화여대, 숙명여대 학생들이 자원봉사자로 학생들을 지도하고 있었다. 교감은 서울사대 생물학과의 정만진이었고, 교무주임은 일제강점기 초등학교 교사였던 조창현 선생이었다. 이분은 후에 기독교의 목사가 되었다고 들었다. 보수를 주는 것도 아니니 즉석에서 초등학교 3학년 담임을 맡게 되어 이튿날부터 교사생활이 시작되었다.

아이들은 천막 방에서 자고, 무를 썰어 넣은 소금국에 보리쌀과 쌀이 반반인 아침을 먹고, 명동으로 남대문으로 흩어져 구두닦이 생활을 하고 있었다. 그 당시 우리나라 사람들 중에 고생하지 않은 사람은 없었으나, 비가 오거나 눈보라치는 날을 가리지 않고 하루의 생활을 구두 통에 의지하여 살아가는 부모 없는 이들보다 더 불행한 사람은 없었을 것이다. 중부경찰서 관내의 큰 음식점의 잔반통에 버려진 스테이크나 돈가스 등의 조각을 주워다가 씻어 끓인 저녁은 이들에게 일급 성찬이었다. 이것을 '왕건'이라고 불렀는데, 대학생 교사들과 함께 나누어 먹은 그때 일이 지금도 추억거리로 남는다. 아이들은 서로 도우며 사랑하며 친형제들처럼 지냈으니, 따돌림도 없었고 집단폭행 같은 일은 생각할 수도 없었다. 지금 생각해보면 천당은 가난하고 어려운 환경 속에 있지 않았나 하는 생각이 든다.

5월 5일 어린이날, 서울시청 사회과와 경찰국 소년계가 함께 창경원에서 고아들을 위한 잔치를 베풀어주었다. 서울시내에 있는 어린이 보호기관의 수용생들을 위한 잔치였다. 도수체조나 달리기 경주, 이어 달리기 등 다채로운 모임이 마련되었다. 누구나 자기 보호시설이 이기기를 바라는 경쟁의식을 갖기 마련이다. 하루 벌어 하루를 살아가는 아이들을 사흘씩이나 비상소집하여 경쟁에 이기기 위한 준비를 계속했다. 나도 잘 모르는 무동서기 같은 체조는 책을 보며 연습했지만 학생들의 사정을 무시한 처사였다. 예의 소금국에 무 하나 썰어 넣은 국물에 보리밥 한 그릇 먹여놓고 강행군을 시킨 것이다. 그런데도 아이들은 생각했던 것보다 열심히 잘해주었다. 많은 관객이 환호하고 격려해주었다. 잘 해냈구나 하는 만족스러운 마음으로 창경원 큰 문을 나서는데 깜짝 놀라 가슴이 철렁 내려앉았다. 먼저 나온 아이들이 문 앞 보도에 드러눕거나 넋을 잃고 앉아 있었기 때문이다. 제대로 먹지도 못한 아이들을 사흘간이나 잡아놓고 달달 볶아댄 내 잘못이었다.

어린이날은 어린이를 위한 날이다. 불우소년들을 위한 잔치라면 그들을 편히 쉬게 해주어야 한다. 아이들에게 과자나 빵을 한 봉지씩 나누어주고 꽃나무 밑 풀밭에 둘러앉아 이런저런 이야기를 하며 앞으로 커가는 날의 꿈 이야기를 나누는 것이 아이들을 위한 길이다. 우리가 제일 잘 가르치고 잘했다는 경쟁심을 만족시키기 위해 그동안 아이들을 괴롭히기만 했으니 나는 교사의 자격이 없었다. 학교는 학생들을 위하여 존재한다. 교사의 명예와 만족감을 충족시키려고 존재하는 것이 아니다. 동시에 학생들의 생활이나 여건에 맞는 지도를 하는 것이 교육이라는 교훈을 창경원 문 앞에서 얻었다. 내 생애 거의 모든 시간을 교육에 종사했지만 일관하여 실천해보고 싶은 꿈이었다. 60여 년의 세월이 흘러갔지만 어린이날이 돌아올 때마다 그날 그때를 생각하면 부끄럽고 가슴이 아프다.

그 당시 대학의 동문들 중에는 대학원 진학을 준비하는 친구도 있었고, 고시나 외국 유학을 준비하거나, 기업체 혹은 공무원을 지망하며 열심히 노력하고 있었다. 그리고 대개의 친구들이 그들이 목표한 대로 잘 풀려나가고 있었다. 그러나 나는 이들과 다른 생각을 하고 있었고 다른 길을 걷고 있었다. 친구들이 하고 있는 일보다는 내가 하고 있는 일이 더 중요하고 가치 있는 일이라고 믿고 있었다. 다른 동료교사들이 자기 전공 분야의 학업을 소홀히 하지 않으면서도 시간을 내어 야간에 학생들을 지도하는 반면, 나는 직업소년학교의 보수 없는 전임교사처럼 생활하고 있었다.

대학에서도 교수님의 강의보다는 직업학교의 일을 더욱 열심히 생각하고 있었다. 학생들과의 석회에서 무슨 얘기를 해줄까 생각하며 교실을 살피고, 교구 등을 검토하거나 교실의 청소와 정돈 상태는 어떤지, 선생님들 중에 사정이 생겨 나오지 못한 분이 있으면 어찌할 것인지, 이런저런 일에 정신을 팔고 그곳이 내 학교인양 늘 마음이 바빴다. 대학 입학 초기에는 A학점이던 성적이 B, C, D로 떨어져 갔으나 마음에 두지 않았다. 4년 동안 졸업 후의 문제를 생각하지도 못했고, 그저 직업학교의 일에만 몰입하고 있었던 것으로 기억한다. 지난날 살아온 삶을 돌이켜보면 이러한 일은 나의 장점이며 동시에 단점이었던 것으로 여겨진다. 직업학교 학생 선생으로서는 잘한 일이지만, 나 개인의 입장에서 보면 크게 잘못된 것이 아니었던가 하는 생각 때문이다. 대학 4년 동안은 풀을 깎는 도구나 낫을 잘 돌게 갈아야 하는 기간이다. 풀을 깎는 것은 낫을 잘 갈아 졸업 후에 할 일이다. 나는 낫도 없이 풀을 손으로 쥐어뜯었으며 제대로 풀을 베지도 못하고 아까운 시간을 헛되이 보냈으니, 지금 생각하면 한편 보람 있었고 한편 후회가 앞선다. 다만 대학교 4학년 때, 교사로 오게 된 숙명여대 1학년 김은숙을 만나 사랑하고 결혼하여 50여 년을 가정을 꾸려 함께했으니 학점 저하의 보상을 받은 것으로 자위하고 있다.

Ⅱ
예지대로 가는 길

6. 목수 선생님

　　이렇게 나를 위한 준비 없이 4년의 시간을 보내고 나니 나는 정말 엉터리 졸업생이 되고 말았다. 대학원 진학이나 외국 유학, 공기업 취업, 고시 합격 같은 것은 꿈도 꿀 수 없게 되었다. 열심히 자기 발전을 위하여 준비했던 친구들은 제대로 자기 갈 길을 찾아가고 있었다. 대학원 과정을 마치고 그 전공 분야에서 인정받는 교수가 되거나, 공무원 지망생은 고급공무원으로 자리를 잡아가고 있었다. 고시에 합격하거나 외국 유학으로 학위를 얻어 그 분야의 명교수로 돌아오기도 했다.

　　그러나 나는 그 어느 곳에도 발붙일 곳 없는 미아가 되어가고 있었다. 대학 한 해 선배인 윤형섭 형의 주선으로 서울 내수동 뒷골목에 있는 협성고등공민학교의 교사로 겨우 취업하게 되었다. 그 당시 고등공민학교는 집안 경제사정으로 정규 중학교에 진학하지 못했거나 주간에 직업이 있어 야간에 공부할 수밖에 없는 학생들이 공부할 수 있도록 운영하던 학교였다. 졸업을 해도 고등학교에 입학하려면 국가가 시행하는 검정시험에 합격해야만 자격이 주어지는 그런 학교였다.

나는 그 학교의 신참 말단교사로 채용되어 교사가 된 것을 지금까지도 자랑스럽게 생각하고 큰 기쁨으로 여기고 있다. 교장을 비롯한 여러 선생님들이 다른 어떤 학교의 선생님들보다 교육자로서 존경받을 만했고, 학생들을 가르치는 데 열성적이었으며, 학생들도 어려운 가정형편 때문에 일반 정규학교에 진학하지 못했을 뿐 그 자질이나 성실함이 어느 누구에게도 뒤지지 않는다는 것을 알게 되었다. 그곳에서 1년 반동안 시간이 허용하는 한 대학에서 하지 못했던 전공 공부를 열심히 할수 있었다. 정말로 열심이었는데, 협성학교에서 그러한 기회를 제공해주었기에 그 학교와 가르칠 기회를 주선해준 윤형섭 선배에 대해서는 두고두고 감사한 마음뿐이다.

교무실 출입문 바로 앞 제일 말석에 앉는 교사가 되었다. 3학년 담임이 되었는데, 교실에 들어가 보니 책상과 걸상이 없어 마룻바닥에 앉아 공부하는 학생이 대여섯 명이나 되었다. 지금 우리가 학교 교실에서 볼 수 있는 튼튼하고 좋은 책상도 아니었다. 거리의 포장마차에서 쓰는 널빤지를 아무렇게나 잘라서 못을 박아 만든 책상이었다. 그런데 학생들은 신을 신은 채 책상 위를 뛰어다니니 목수간에서 책상 수선을 아무리 해도 제대로 된 것을 학생들에게 대줄 수 없었다.

"이것은 안 될 일이다. 피난학교도 아닌 서울의 학교에서 마룻바닥에 앉아서 공부한다는 것은 절대 안 될 일이다."

그래서 교감선생님께 널빤지, 톱, 망치, 못 등을 구입해달라는 청을 했다.

"그건 무엇을 하시려고 그럽니까?"

"부서진 책상과 걸상을 수선해보고자 합니다."

일찍이 직업소년학교에서 학생들과 같이 미8군에서 지원해준 널빤지를 잘라 책상을 만들어본 경험이 있었다. 또 대학생 시절에는 등록금을 번다고 공사장에서 모래짐을 지고 블록 쌓는 일, 온돌의 구들장 놓는 일, 기초적인 수습 미장공 등 제대로 된 기술자는 아니었지만 안 해본 일이 없었다. 무슨 일이든지 할 수 있다는 자신감이 있었다.

반에서 똑똑한 학생 몇 명을 선발하여 방과 후에 목수간에서 톱질하기, 못 박기, 책상다리 고정시키기 등을 이틀간 실습했다. 직원 조회에서 부서진 책상을 목수간에 가져가지 말고 운동장에 모아달라는 교장 선생님의 말씀이 있자 방과 후 각 교실에서 나온 부서진 책상과 걸상이 운동장에 가득 쌓였다. 이틀 동안 실습한 학생들과 같이 책상 수선을 시작했다. 주간부 학생들이 하교하고 나서 야간부 학생들이 등교하면서 이상한 광경에 모여들어 구경들을 하고 있었다.

"이번에 새로 오신 선생님이신데 공과대학 나오셨대."

선배 교사들은 옆을 지나가면서 "목수로 학교에 오셨는가 봐. 학생들이나 잘 가르치시지요!" 하며 비아냥거리기도 했다. 이런 말도 들은 척하지 않고 열심히 책상 고치는 일에만 몰두했다.

"보너스 더 받을 수 있겠네"라는 말도 들려왔지만, 보너스 더 받겠다는 마음으로 시작한 일이 아니니 그런 말엔 아랑곳하지 않고 톱질과 못질을 할 뿐이었다. 그런데 며칠간 그 일을 계속하다 보니 전혀 예상치 못한 일이 일어났다. 부서져 나오는 책상과 걸상 수가 점점 줄어드는 것이었다. 목수간에서 고치는 것과 달리 선생님이 자기네와 같은 친구들과 함께 고친 책상 위로 신발을 신은 채로 뛰어다니지 않았기 때문이다. 열흘이 못 되어 부서진 책상은 다 고칠 수 있게 되었고, 마룻바닥에 앉아서 공부하는 학생은 없어졌다. 교육은 교실에서만 하는 것이 아니라는 것과 학생을 위하여 하는 교육이 참교육이라는 확신을 갖게 되었다.

이렇게 신참교사가 된 지 3개월인가 지났다. 학교에 일찍 출근하여 직업학교에서 하던 대로 학교 주변을 살피고 교실을 돌아보곤 하며 학교를 위해 할 일을 찾곤 했다. 수업이 끝나고 야간부 수업을 준비하고 있는데 교장실의 호출을 받았다.

"전 선생, 학교에 오신 지 얼마 안 되었지만 그동안 수고 많으셨습니다. 이번에 훈육주임 선생님이 사정으로 학교를 그만두시게 되었습니다. 전 선생께서 그 일을 맡아주셨으면 합니다."

1959년 한국전쟁 후여서 모든 것이 자리 잡지 못하고 혼돈의 시기였지만, 전부터 학교에 있었던 선배 교사들을 제치고 출입문 앞 직원실 말석에 앉은 신참 풋내기 교사인 내가 학교 간부 자리인 훈육주임을 맡는다는 것은 사리에 맞지 않는 것 같다는 생각으로 그 제의를 완곡하게 거절했다. 지금 생각해봐도 사회의 모든 일, 교육 자체도 제 자리를 잡지 못한 채 혼란을 겪고 있는 시기였지만, 교장선생님이나 이사장님의 그런 제의는 이해할 수 없었다. 그러나 학교의 그러한 결정이 대단한 영단이었다고 생각된 것은 나의 작은 자만심에서 비롯된 것이라는 생각도 들었다. 그러나 며칠이 지났는데도 예의 훈육주임 자리는 계속 공석으로 비어 있었고, 또다시 교장실에 호출되어 같은 제의를 받게 되었다. 선배 교사들에게는 미안한 일이었지만 학교의 요청에 따라 학교와 학생들을 위해 그 일을 맡는 것이 옳다고 느꼈고, 출입문 앞자리에서 교무주임과 함께 교감선생님 옆자리를 차지할 수 있었다. 그렇게 일하면 보너스 더 받느냐고 비아냥거리던 다른 교사보다는 여름방학에 받는 보너스가 더 많았다는 것을 알았고, 이러한 마음 자세로 살아가는 것이 삶의 지혜라고 느꼈다.

7. 할 일 많은 사람은 행복하다

협성고등공민학교는 일제강점기에 지어진 학교로, 교사는 목조로 낡았고 학교 주변은 잘 정돈되어 있지 않았다. 그동안 학교 주변을 살피면서 몇 군데 손대야 할 곳을 점찍어두고 있었다. 지금은 학교나 공공시설, 각 가정마다 수세식 화장실이 일반화되어 있다. 그러나 1950~60년 대까지만 해도 우리의 화장실은 변소였지 화장실이 아니었다. 그 청소를 청소부가 하는 것이 아니고 학생들이 하고 있는 실정이었다. 빗자루로 발판 위에 배설한 오물을 아래로 밀어 넣고 물 한 양동이를 쏟아 부으면 변소 청소가 끝나게 마련이다. 그러다 보니 변소는 언제나 물로 채워졌고, 발판 주위는 늘 깨끗해질 수 없는 악순환이 되풀이되었다. 보다 못해 전 학년의 반장들과 부반장들을 집합시켰다.

"청소는 왜 하는가? 더러운 곳이 있기 때문이다. 모든 것이 깨끗하다면 청소는 할 필요가 없다. 청소는 더러운 곳 중에서도 가장 더러운 곳을 깨끗이 하는 것이 원칙이다. 우리 학교에서 가장 더러운 곳이 어디라고 생각하는가? 두말할 것 없이 변소다. 그래서 오늘 각 학년의 반장과 부반장들을 이 자리에 모이라고 했다. 내가 변소 청소하는 방법을 시범으로 보여주겠으니, 너희들도 한 칸씩 맡아서 나처럼 청소를 해보고 앞으로는 누가 하든지 똑같은 요령으로 청소해서 학교에서 가장 더러운 곳을 가장 깨끗하게는 못하겠지만 지금처럼 더럽게 남겨두지는 말자!"

준비한 새끼줄을 둘둘 말아 들고 학생들을 변소로 끌고 갔다. 새끼줄 말은 것으로 발판 위의 오물을 밑으로 밀어 넣고 물을 적게 붓고 직접 손으로 발판 위를 새끼뭉치로 문질러 변소 청소를 깨끗이 하는 시범을 보여주었다.

"변소 청소를 가장 깨끗하게 하는 방법은 물을 되도록 적게 사용하는 것이다. 물을 많이 쓰면 저장 탱크에 물이 고이게 되고 발판 위가 더러워지게 마련이기 때문이다. 너희들이 본 것처럼 발판 위를 손으로 닦다 보면 손에 오물이 묻고 더러운 냄새를 맡게 된다. 누구도 그것을 좋아할 사람은 없다. 손이 더러워졌으면 수돗가에 가서 비누로 닦으면 된다. 학교에서 가장 더러운 곳이 변소다. 이곳을 조금은 덜 더러운 곳으로 청소하는 데 힘을 모아보자."

이러한 노력은 변소 오물을 수거하는 차량이 학교에 출입하는 횟수가 줄었다는 결과로 나타났다.

8. 꽃밭 만들기

공공건물이나 학교, 가정집에서 나온 각종 오물과 배설물이 버려져서 더러운 곳이 오물 처리장이나 휴지 소각장이다. 대개는 사람들의 눈에 잘 띄지 않는 뒤꼍에 있기 마련이다. 학교 쓰레기장 역시 늘 더러웠고 냄새가 나고 휴지조각 등이 바람에 날려 다녔다. 이번에는 이곳을 정리하자! 각 학년의 반장과 부반장들을 쓰레기 처리장으로 끌고 갔다. 쓰레기장 주변을 깨끗이 청소하고 휴지를 한 곳에 모아 불태웠다. 그리고 그 주위의 흙을 삽으로 파서 밭을 만들었다. 종례 시간에 집에 꽃모종이 있으면 몇 개씩 가져오도록 부탁했다. 지금은 수입종의 이름 모를 아름다운 꽃들도 많지만, 그때는 봉선화, 과꽃, 맨드라미, 분꽃, 나팔꽃 등의 모종을 몇 개씩 가져왔다. 비 오는 날 새로 만든 쓰레기장 옆에 파놓은 밭에서 학생들과 어울려 정성스럽게 꽃모종을 심었다. 이튿날 아침 등교하면서 학생들은 누가 시키지도 않았건만 전날 자기들이 꽃을 심은 쓰레기장 옆의 꽃밭에 모였고, 쓰러진 꽃대를 일으켜 세우고 물을 주고 있었다. 쓰레기장 주변도 냄새만 풍기는 더러운 곳이 아닌 아름다운 꽃밭으로 탈바꿈하고 있었다. 물론 정원사나 화훼 전문가가 가꾼 꽃밭이 더 아름답겠지만, 내가 심고 손질한 곳이 더욱 아름답다는 것을 초등학교 3학년 때 일찍이 경험해서 알고 있었다.

초등학교 3학년 때 일본인 여선생님이 담임이었다. 봄이었는데 종이에 싼 작은 고구마 같은 뿌리를 주시면서 창밖의 화단에 심어보라고 하셨다. 화단의 흙을 일궈 돌을 주위내고 그 뿌리에 물을 주고 심어 정성껏 보살폈다. 며칠간 아침마다 물을 주면서 기다렸으나 아무 일도 일어나지 않았다. 얼마가 지났는데 뿌리를 심은 자리의 흙이 들려 오르고 파란 꽃의 머리가 보였다. 그 연약하게 보이는 꽃머리가 무거운 흙을 밀어 올린 것이다. 시골에 살았지만 그와 같은 광경은 일찍이 본 적이 없었기에 놀랍고 신기한 일이 아닐 수 없었다. 아이들에게 소리를 쳤다.

"야! 달리아가 흙을 밀어올리고 머리를 내밀었다! 어서들 나와! 내가 심은 달리아가 나왔어!"

나와 친구들은 매일 달리아 꽃밭에 모여 물을 주며 풀을 뽑았다. 점점 자라서 둥근 꽃망울이 되더니 어느 아침에 활짝 꽃망울을 터뜨리고 꽃이 피었다. 많은 꽃들은 무심코 보고 넘겼지만 내가 심은 달리아 꽃은 그렇지 않았다. 이 세상의 다른 어느 꽃보다도 더 아름답다고 느끼고 있었다. 작문시간에 꽃에 대하여 글을 써보라는 것이었다. 지금은 내가 글을 어떻게 썼는지 잘 기억나지 않지만 그때 선생님의 말씀은 또렷이 기억하고 있다.

"달리아 꽃이 그렇게 세상에서 제일 예쁘니? 자기가 심고 가꾼 꽃이기 때문이다. 앞으로 많은 꽃을 심고 가꾸고 살아가거라!"

여러 해 전에 인도네시아에 여행을 간 적이 있다. 동행들과 함께 방을 하나씩 배당받고 그곳에 짐을 풀었다. 현관에 아름다운 장미꽃이 걸린 방이 내가 지정받은 방이었다. 그런데 바로 옆방이 '달리아' 방이었다. 그 반가운 꽃이 나에게 손짓을 하는 것 같았다. 안내인에게 특별히 부탁하여 방을 바꾸어 묵게 되었다. 내가 60년이나 전에 초등학교 화단에 심고 가꾸고 꽃피게 했던 달리아 꽃이 방 안 가득히 피어 있다는 환상 속에서 어린 시절로 돌아갈 수 있어서 행복했던 여행이었다. 우리는 지금 옛날의 가난했던 때와는 비교도 되지 않을 만큼 잘살고 있다. 그러나 욕심에는 한이 없다던가. 더 잘살기 위하여 교실이나 학원에서 점수 따는 일에 모두 열을 올리고 있다. 좋다는 학교에 들어가서 더 보수가 많고 모든 사람이 부러워하는 일을 하면서 살고 싶기 때문이다. 이것은 누구나 바라는 바이기도 하다. 그러나 그렇게 사는 것만이 행복한 것은 아니다. 장미꽃보다 화려하지는 않지만 이국땅 여행길에서 만났던 달리아 꽃이 방 안 가득 꽃피어 있다는 환상 속에서 아름다운 꿈을 꾸고 행복한 밤을 보낼 수 있었다면 그 또한 행복한 삶이 아니었을까 생각했다.

9. 신발주머니

협성학교는 일제강점기에 건축한 낡은 목조건물이다. 마룻바닥의 널조각도 여기저기 바꾸어 깐 곳이 많았다. 교실 밖 어디에도 신장을 놓을 공간 하나 없었다. 신발을 신은 채 교실에 들어가 수업을 받았다. 교실 바닥이 흙으로 덮여서 먼지가 교실 안에 가득했다. 그런 속에서 선생님과 학생들이 몇 시간이고 수업을 하는데 거기에 대한 아무런 주의나 조치가 없었다. 어느 날 오후에 각 학년의 반장과 부반장들을 햇빛 잘 드는 교실로 소집했다. 유리창을 통해 들어오는 햇볕을 받은 교실 안의 먼지가 바람에 날리는 거리의 먼지 못지않게 자욱했다.

"너희들, 저 햇빛에 비치는 교실의 먼지 보이느냐? 주의하지 않고 관심 없게 보냈지만 우리가 하루에 몇 시간이고 저런 공기 속에서 공부하며 살아왔다. 저런 생활이 하루면 모르겠지만 한 달 아니 일 년, 삼 년 계속 된다면 우리의 폐가 견뎌낼 수 있겠는가? 그래서 나는 선생님들과 여러 학생들의 건강을 위하여 먼지 없는 교실을 만들어보겠다는 생각을 했다. 첫째, 학생들은 현관에서 신을 벗어 신주머니에 넣어 교실에 들어간다. 따라서 누구나 신주머니를 가지고 와야 한다. 둘째, 신을 벗고 교실에 들어가도 좋을 만큼 교실 바닥을 물로 씻어내고 깨끗하게 청소한다. 토요일 수업이 끝난 다음 전교생이 자기 교실을 청소도구로 대청소를 하게 할 것이다. 자세한 주의사항은 담임선생님의 지시에 따르면 된다. 모두 열심히 청소하여 먼지가 덜 날리는 교실에서 공부하기로 하자."

토요일 수업이 끝나자 제각기 자기 교실을 쓸고 닦고 야단법석이었다. 그다음 주에는 담임선생님들의 지시에 따라 물로 깨끗이 닦고 마른 바닥을 양초로 문지르고 마른 걸레로 닦아내어 반질반질하게 광택을 냈다. 그러자 교실의 먼지는 예전과 같지 않았고, 신주머니를 들고 다니느라 조금 불편하긴 했지만 교실이 예전처럼 먼지투성이가 아니어서 선생님들이나 학생들 모두가 좋아했다. 나는 대학 졸업 후 공립이나 사립 명문학교가 아닌 시설이나 여건이 좋지 않은 학교에서 얼마 동안 근무했던 일을 무척 행복하게 생각했고, 지금도 그런 생각에는 변함이 없다. 무엇인가를 살피고 고치고 개선할 수 있는 것이 있다면 그것에 손을 대어 고쳐나가는 일이 얼마나 보람차고 행복한 것인가를 그곳에서 느꼈기 때문이다. 협성고등공민학교에서 나는 너무나도 많은 것을 배우고 행복했다. 지금도 어쩌다 그 학교에서 있었던 일을 꿈꿀 때가 있으니 여전히 고마운 학교다.

나는 협성학교에서 약 1년 반 동안 교사로 근무했다. 열악한 교육환경에도 불구하고 학교나 교사, 학생들이 모두 열성적으로 교육에 임하고 있었다. 고등학교 입학 검정 국가고시에 응시생 대부분이 합격했고 축제 분위기였던 것이 지금도 기억난다. 나 개인으로서는 학교발전을 위한 일에 최선을 다할 수 있었고, 대학시절 전공 분야의 학습을 태만히 했던 것을 후회하며, 그것을 보충할 수 있었던 것이 다행이라고 생각한다. 지금의 교사들은 교육시설이나 환경이 잘 정비되어 있어서 내가 경험한 그런 일은 하지 않아도 될 것이다. 그러나 할 수 있는 일과 해야 할 일이 왜 없겠는가? 일은 찾아보면 언제나 있기 마련이다. 지금 생각해보면 그때 그 시절에 할 수 있었던 일과 했던 일이 너무나 많았던 나는 너무나도 행복한 교사였다. 어떤 일을 고쳐나가고 개선하여 발전시키는 일을 갖지 못하는 교사는 불행한 사람이다.

그즈음 1960년대 한국 현대사에 일대 변혁의 계기가 된 4.19가 일어났다. 그 이듬해에는 5.16이 일어났다. 이러한 변혁의 시기에 나는 내가 해야 할 일이 무엇인가를 생각하며 현실적 상황을 이해하려고 애쓰고 있었다.

3.15 부정선거는 정치판의 잘못된 정치적 작용에 의하여 만들어진 부끄러운 일이었으나 그것이 4.19로 이어짐으로써 국가발전과 비약의 계기가 되었다고 생각하고 있었다. 민주정치에 대한 정치인들의 비전과 의지가 부족했고, 정치적 경험과 훈련이 부족했으며, 일반 국민 역시 그러했다고 생각했다. 그뿐만 아니라 그러한 있을 수 없는 일에 가담하여 선거부정의 하수인으로 행동한 경찰 역시 비난받을 수밖에 없었다.

'경찰관은 국민의 하인으로서 국민의 재산과 생명을 보호하며 사회의 안녕과 질서를 지키는 파수꾼이다. 그러한 역할과 책임을 다하지 못한 경찰은 개선되고 정비되어야 하며, 새로운 조직으로 다시 태어나야 한다. 경찰에는 할 일이 많이 쌓여 있다. 그곳에 내 젊음과 인생을 투입하여 비난받는 경찰이 아닌 국민의 존경과 신뢰를 받는 조직으로 경찰을 재건하는 일을 담당해보자.' 이런 생각을 하고 있었다.

Ⅲ

예지대의
꿈

10. 민주경찰의 실천

1960년대 우리의 경제사정은 말이 아니었다. 따라서 경찰관서의 운영 역시 예외일 수 없었던 것 같다. 간부후보생 교육이 끝나갈 무렵 일선 경찰서 실습을 나갔다. 파출소에 배치되어 근무실습을 하고 있었다. 점심시간에 중국집에서 자장면이 배달되었다. 다음 날, 그다음 날도 자장면이 배달되어왔는데, 그때마다 다른 중국집에서 배달되어온 것이다. 물론 자장면 값이 지급되는 것도 본 적이 없다. 나중에 알게 된 바로는 관내에 있는 중국집에서 차례대로 파출소 직원들의 점심을 제공한다는 것이었다. 국가에서 지급하는 월 급여액이 경찰관의 최소한의 생계비도 되지 않으니 경찰관의 자장면이 관내 식당 등에서 제공되고 있었던 것이다.

겨울에 파출소 난방에 쓸 연탄이나 화목에 대한 국가 예산도 턱없이 부족하여 관내 유지나 연탄공장의 지원으로 해결하고 있다고 했다. 경찰관이 점심 한 끼를 관내 음식점에서 얻어먹어야 하고, 월동 연탄의 얼마를 관내에 구걸해야 하는 사정이 그때의 형편이었다. 아마도 이 글을 쓰는 나 자신은 지금도 부끄럽고, 이 글을 읽을 당시의 경찰 선배들도 부끄러운 글을 왜 썼느냐고 할지 모른다. 이와 비슷한 일들이 동남아 몇몇 나라에서 지금도 그대로 자행되고 있다는 소식을 들었다. 오늘날 잘살고 있는 젊은이들은 설마 그런 일이 실제로 있었을까 하는 의문을 가질 수도 있을 것이다. 그러나 그때 우리는 그런 형편에서 살아왔고 나의 경찰 생활도 그렇게 시작되었다.

나의 경찰후보생 교육은 성실하게 열심히 노력한 결과 성공적으로 끝날 수 있었다. 졸업식에서 최고상인 내무부장관상을 받는 영예를 안았다. 5.16의 혁명적 시책이 실행되던 때였다. 당시 경찰의 실세였던 치안국 정보과 조창대 과장이 경찰에서 퇴출할 간부들을 선별한다면서 새로 임명된 39명의 후보생 출신 동기생들을 치안국과 서울시경 정보과에 배치했다. 경찰전문학교 이상신 교장의 특별한 요청에 의하여 나만 학교교관요원으로 임명되었다. 나는 스스로 생각해도 상사의 비위를 잘 맞추거나 원만한 인간관계를 잘 유지하지 못하는 직선적인 성격이라고 생각하고 있었다. 일선 관서에 배치되었다면 그때의 경찰 내부 분위기 속에서 잘 적응했을까 걱정도 되었다. 그러나 학교는 학생들에게 경찰이 나아갈 원칙을 가르치는 곳이다. 법 집행을 원칙대로 하며 지정된 근무를 철저히 하고 요령을 멀리하도록 가르치는 곳이다. 나는 그러한 내용을 교육하는 데 어려움이 있을 수 없는 적임자였다. 따라서 교관생활 중에 아무런 어려움도 없었다.

경찰관이 행해야 할 내용을 강조하다 보니 학생들의 공감을 얻어낼 수 있었고, 열심히 강의안을 준비하고 또 강의하다 보니 동료 교관들로부터도 칭찬을 받게 되었다. 또 교육평가 때마다 우수교관으로 추천

되어 상사들이 인정하는 모범교관으로 연말 종무식에서는 계속하여 우수교관으로 표창을 받았다. 계급사회에 속해 있는 사람들에게는 계급승진이 큰 영예라 할 수 있는데, 경감, 경정, 총경으로의 승진에 특별히 신경을 쓰지 않았음에도 불구하고 그런대로 동기생 중에서 뒤처지지 않고 승진할 수 있었다. 학교 교관생활은 무난했고 성공적이었다고 할 수 있었다.

예지대는 지성 경찰간부로서 존경받는 민주경찰의 요람으로 나의 젊음과 인생을 걸고 일할 곳이었다. '경찰 업무를 이성적으로 살피고 합리적이며 정당하게 처리하여 국민으로부터 믿음을 얻고 존경을 받는 경찰간부로서 살아가겠다. 비록 매달 받는 보수가 적어 기본적인 생계가 어려워도 부당하거나 불법한 방법인 뇌물 같은 것은 받지 말아야 한다. 나부터 그런 잘못을 하지 않고 모든 경찰관들에게 모범이 되는 솔선수범의 생활을 해야 한다. 내가 할 수 없는 일을 학생들에게 요구해서는 안 된다.' 이처럼 청렴결백한 생활을 솔선수범하기로 작정하고 실천하기로 했다.

신혼의 아내와 함께 생활 설계를 했다. 나는 부모로부터 받은 유산이 없다. 형제나 가까운 친척들로부터 생활보조비를 지원받은 것도 없다. 터무니없이 적은 월급으로 생활을 꾸려가야 한다. 월급을 받으면 제일 먼저 한 달 먹을 쌀, 보리쌀, 밀가루를 산다. 그리고 연탄 백 장을 들여놓는다. 봄부터 가을까지 60여 장이면 충분한데 나머지는 겨울용으로 비축한다. 이렇게 주식비와 연탄만 있으면 굶는 일은 없다. 나머지 돈을 잔돈으로 바꿔 서른 개의 봉투에 보관한다. 하루에 봉투 하나로 콩나물국이든 된장국이든 부식비를 충당한다. 밥과 반찬만 있으면 그런대로 하루의 생활이 가능하다. 영양보충은 앞집 양계장에서 싼값에 공급받는 폐사 직전의 닭으로 했다.

　호주머니나 지갑에는 지금 돈으로 단돈 천 원도 없는 빈털터리였다. 용돈이란 사치스러운 단어였다. 물론 교통비도 없었다. 그 당시 부평역과 서울역에서 예지대 경찰관의 철도무임승차를 눈감아주는 고마운(?) 배려를 해주었기 때문이다. 서울에서는 대학 시절 금호동 옥수강가에서 연세대학교까지 도보로 다닌 경험이 있기 때문에 각 경찰서를 도보로 순회했으니 교통비가 필요할 까닭이 없었다. 점심이나 저녁은 경찰서에 근무하는 동기생이나 후배들에게 신세를 졌다. 그러면서 마음 한구석에는 이것을 간접뇌물이라고 여겨 절대적 청렴은 없구나 하는 생각으로 혼자 실소하곤 했다. 그때 그 시절 동기생들과 후보생 14기, 15기 후배들에게 많은 도움을 받았고 지금도 그 우정에 고마운 마음을 잊을 수 없다.

　이렇게 도보행군을 하다 보니 구두가 언제나 말썽이었다. 그 당시는 경사 이하의 직원에게만 경찰화가 지급되고 있었다. 금강이나 에스콰이어 같은 비싼 구두를 사 신을 처지도 못 되었다. 그렇다고 신발 없이 맨발로 다닐 수도 없었다. 서울역에서 만리동으로 넘어가는 육교 아래 기성화를 싸게 파는 구둣방들이 있었다. 기성화도 팔았지만, 그 당시에는 밤도둑들이 구두를 훔쳐다가 그곳에 싼값에 넘기곤 했다. 반값도 안 되는 돈으로 잘만 고르면 좋은 구두를 사 신을 수 있어서 그곳을 애용하고 있었다. 자주 들르다 보니 얼굴도 알아보게 되었고, 어쩌다 찾아가면 싼값에 좋은 구두가 나왔다고 권하기도 했다. 그때는 경정 계급이 없었고 도청소재지의 경찰서장은 총경, 군청소재지의 서장은 경감이었다. 정보학과장인 나도 경감이었으니 2급서 서장인데 밤도둑 구두를 찾아다니는 것이 체면에 관한 문제이기는 했으나, 어디 얼굴에 계급 써 붙이고 다니나? 구두도 한 번 사면 할 수 있을 때까지 창갈이를 했고 구두 윗부분은 구두 재봉틀로 누빌 수 있을 때까지 누벼 신고 다녔다.

경정이 될 때까지 제대로 된 양복 한 벌 맞춰 입지 못했다. 초임 때 결혼하면서 처갓집에서 해준 양복을 10여 년 입고 있었다. 경찰 공식행사 때는 경찰 정복이 있었고, 학교에서는 작업복 등이 있었으니 걱정이 없었다. 대학 다닐 때는 시유지에 불법 무허가 천막을 치고 살았는데 네 번이나 철거를 당했다. 그 당시 오류동은 학교와 서울 시내의 중간에 위치해 있어서 그곳에 집을 마련하고자 생각했다. 오류역과 시장이 있고, 앞으로 아이들이 학교에 다니게 되면 가까운 그곳에 삶의 터전을 마련해야 했다. 방 한 칸, 조그마한 부엌 한 칸, 그리고 쪽마루가 있는 대문 앞 문간방 전세가 10만 원이었는데, 전세방을 오가게 되면 그 신세를 벗어날 수 없다. 그런 생각에 오류동 변두리에 집터를 구하려고 주말이면 아내와 함께 끊임없이 돌아다녔다. 소사읍에서 막 서울시로 행정구역이 편입된, 오류역에서 약 2km 떨어진 궁동에 대지 100평을 8만 원에 구입했다. 그 집터 주변에는 네 채의 집이 있었을 뿐이다. 그러나 시유지가 아니라 대지를 사서 그곳에 내가 살아갈 집을 지었다. 건축자금으로 모두 4만 원이 남았다. 방 한 칸, 부엌 한 칸 지을 설계도(?)를 만들고 주말이면 집 지을 기초를 파고 주위의 돌을 주워다 채우고 2km 떨어진 오류동 물역가게에서 시멘트, 블록, 모래를 빌린 리어카에 실어 날랐다.

잘은 못하지만 대학시절에 품팔이하던 기술로 시멘트를 이겨 기초를 다지고 블록을 쌓고 중고문짝 파는 곳에서 유리 달린 문틀을 함께 사다가 설계도대로 문짝을 세우고 서까래를 걸고 기와를 이으니 집이 하나 세워졌다. 내 터에 세워진 집이지만 건축허가를 받지 않고 지었는데 철거하라는 말이 없었다. 한참 떨어진 산골짝이었고 경찰간부라는 덕도 좀 본 듯하다. 훗날 법에 의한 허가조치는 받았으나, 내 땅에 지은 집이라 철거하라는 통고는 받지 않고 좋은 내 집을 마련했다. 10년 동안 그곳에 살면서 여유 생기는 대로 방 한 칸을 더 들이고 마루를 놓고 하여 20평이나 되는 호화⒜주택을 마련할 수 있었다. 일상생활도 내 분수에 맞추어 살았고 집도 걱정 없이 마련했으니 더 바랄 것이 없었다.

예지대에 발령받으면서 어떠한 모습으로 경찰관 생활을 할 것인가 하는 것, 어떻게 지성경찰, 민주경찰의 조직을 만들 것인가 하는 것이 내가 할 일이라고 생각했다. 대학시절에 내 전공 분야의 공부를 소홀히 했으니 그 계통의 공부에 힘써 다른 친구들처럼 고시에 도전해볼 것인가? 아니면 경과(警科)의 어느 부분을 공부하여 그 분야의 전문지식과 기술자가 될 것인가? 이런 문제로 고민을 하고 있었다. 그런데 지도관 생활 후에 정보학과 근무를 명받았고, 공산주의 이론 비판, 정치사상사 등의 과목의 강의를 배당받았다. 학교 도서관에 들러 꼬박 하루를 보냈는데, 도서 중에서 나를 크게 놀라게 한 것이 있었다.

11. 마르크스와의 만남

　　도서관 한 코너를 가득 채운 책들이 모두 그 당시로는 불온서적으로 알려진 책들이었다. 6.25를 겪으면서 우리나라는 반공국가였고 공산주의를 반대하는 국민이었다. 일제강점기에 좌익계열의 사람들이 소장했던 책들, 인민군이 선동 목적으로 가지고 왔던 책들, 해방 후 공산주의자들이 발간했던 공산주의 관계 서적을 그 당시 불온서적이라고 하여 일반 시민이 소지하거나 읽을 수 없도록 금하던 때였다. 그런 책을 소지한 사람은 경찰서에 신고하고 제출하도록 되어 있었다. 연세대학교 도서관에서도 그런 책들을 본 적이 없었다. 이렇게 수집된 책들이 치안본부 대공과 도서관, 예지대 도서관의 통제하에 소장되어 있었다. 공산주의는 어떠한 것인데 전 세계를 휩쓸고 있으며 같은 동포들을 무차별 학살하고 있는가? 나는 평소에 이런 생각을 하고 있었다. 한국전쟁을 통하여 공산주의는 받아들일 수 없고 극복해야 할 이데올로기지만, 그 주장과 논리나 이론이 어떤 것이며 잘못된 것이 무엇인가를 그 당시 학계나 언론계, 그리고 사회지도자들로부터 들어볼 수 없었다. 그 이론을 체계적으로 파악하고 그 모순을 정리하여 공산주의가 왜 잘못된 것인지를 밝히는 것은 중요한 일이라고 느끼게 되었다. 또 앞으로 남북관계가 진전되어 공산주의에 대한 토론과 논쟁이 있게 될 때, 지금 그 방면의 저서를 자유롭게 읽을 수 있는 혜택을 받게 된 나는 공산주의를 반대하는 대표로 나설 수도 있다. 한 국가가 지향하는 이데올로기를 대표하는 영광을 안을 수도 있다. 무엇을 망설이겠는가? 집에 돌아와 대학시절에 공부하던 법률학 서적, 심지어 육법전서까지 벽장 속에 처넣고, 공산주의 불온서적을 서가에 채웠다.

공산주의를 공부하는 데 내 젊음과 생애를 걸기로 했다. 공산주의에 관한 저서의 내용은 때로는 젊은 나를 흥분시키기도 했고, 이것은 잘못된 것인데 하는 반론의 실마리를 주기도 했다. 그러나 그 내용들은 다른 분야의 저서에서 읽을 수 없던 흥미와 감동을 주어 그것을 읽는 것이 내 생활의 기쁨이었다. 밤을 새워가며 책을 읽었고 그곳에 기쁨이 있었다. 그렇게 읽어 초기에 알게 된 내용을 교실에서 강의하면서 서서히 내용을 파악하게 되었고, 비판적 논리를 정리해갈 수 있었다.

이때 나는 이데올로기 학습에 대한 두 가지 전제조건을 깔고 있었다. 대개 젊은 사람들이 어떤 사상을 처음 접했을 때, 그 내용을 제대로 파악하지도 못했으면서 몇 마디 문구나 수려한 문장이나 저자의 선동적 내용에 환호하며 흥분하는 경우를 본다. 이와는 반대로 "빨갱이는 나쁜 놈들이다. 뭐라고 지껄이든지 그놈들은 거짓말쟁이다. 빨갱이들 부르는 노래는 부르면 안 된다"라며 그 사상과 이론의 내용을 알지도 못하면서 반대하고 부정하는 사람들도 있다. 그동안 우리가 해온 반공은 6.25를 통해 공산주의자들의 만행을 보면서 그들이 주장하는 이론과 내용을 살피지도 않은 채 "공산주의는 나쁘다"라는 전제만 주장한 것이 사실이다. 이 두 가지 방법이 다 잘못되었다는 것이 그 당시 나의 판단이었다. 이데올로기를 제대로 알기 위해서는 무조건 흥분하여 앞뒤 가리지 않고 그 사상의 신봉자가 되지 말아야 한다. 또 처음부터 그 내용을 제대로 알지 못하면서 부정하거나 반대하는 것도 잘못이다. 평정심을 가지고 착실하게 그 내용을 파악하도록 공부해야 한다는 것이 공산주의를 공부하면서 선택한 전제조건이었다.

그 당시 우리나라에는 공산주의에 관한 비판서적이 제대로 없었다. 그러나 공산주의에 관한 비판을 한다면 먼저 비판서적들을 읽었다. 우리가 반대하는 입장에서 공산주의가 이런 것이다, 저런 것이다 하며 편할 대로 그 내용을 규정해놓고 공산주의 이론은 잘못된 것이라고 비판한다면, 그 비판의 정당성을 인정할 수 없을 것이다. 우리가 반대하는 공산주의에 대한 규정은 그 사상을 대표하는 사람의 논문이나 저서 그 계통의 대표적 인물들의 저서 내용을 가감 없이 받아들이고 난 후 그들이 주장하는 이론의 오류나 잘못을 찾아내어 지적하는 것이어야 한다고 본다. 공산주의에 관한 한 카를 마르크스와 프리드리히 엥겔스나 그와 같은 시대에 살면서 토론하고 논쟁했던 내용을 파악하는 것이 중요하다. 특히 자연과학과 달리 사회과학에서는 어떤 이론이나 논리는 그것이 제기되었던 시대적 상황과 밀접하게 관계되므로 역사적인 고찰이 필요하다. 19세기의 시대적 · 경제적 · 사회적 특징과 20세기의 그것은 다르므로 19세기적 상황에서 정립된 이론은 그대로 20세기에 적용될 수 없기 때문이다. 2+2=4라는 산술적 계산의 답은 시공을 초월하여 정당하지만, 사람들이 살아가는 사회적 이치는 시공을 달리할 수 있기 때문이다.

　이러한 원칙은 공산주의를 공부하기 시작하면서 지키고자 한 것으로 그 후에도 일관하여 지켜나갔다. 처음 공부를 시작하면서 마르크스의 《공산당 선언》과 엥겔스의 《공산주의 원리에 관한 문답》을 읽었다. 1830년대 독일에서 정의자연맹이 조직되고 프랑스 등지에서 노동자 단체가 조직되었다. 그 후 영국에서 공산주의자 통신위원회가 조직되어 유럽에 산재해 있던 노동자 단체 등이 모여 1847년 영국에서 '공산주의자동맹'이 결성되었다. 그 동맹은 앞으로 동맹이 추구해나갈 강령의 초안을 마르크스와 엥겔스에게 작성해줄 것을 요청했다. 엥겔스가 그 강령의 초안으로 작성한 것이 앞서 말한 문답이다. 공산주의에 관한 내용을 논술식으로 쓰지 않고 스물다섯 가지 내용으로 나누어 질문하고 거기에 답하는 형식을 취했다. 그러므로 공산주의의 기본적 내용을 쉽게 설명해놓은 점에서 대단히 중요한 것으로 볼 수 있다. 마르크스는 동맹의 초안으로 《공산당 선언》을 썼고, 그것이 공산주의자동맹의 강령으로 채택되었다. 동 선언의 내용은 서론과 총 4장으로 되어 있다. 전 2장은 공산주의 혁명의 당위성과 필연성을 담고 있고, 후 2장은 사회주의 문헌의 소개 및 다른 사회주의 또는 다른 정당과 공산당의 관계를 쓰고 있다.

　이 두 권의 책은 공산주의에 관한 고전으로, 그 후에도 몇 번이고 되풀이해 읽었다. 《자본론》 해설서를 읽어보면, 자본주의 사회는 상대적 잉여가치를 추구하면서 생산력이 극대화되고 사유재산 제도하의 생산관계와 생산력이 파국점에 이르러 해가 동쪽에서 떠서 서쪽으로 기울고 물이 높은 곳에서 낮은 곳으로 흐름과 같이 자연사적 필연성을 가지고 결국 무너진다는 결론이 공산주의가 주장하는 이론의 내용이다. 나는 어디에 가서 강의를 하든지 공산주의자가 주장하는 이러한 이론 내용을 먼저 소개했다. 예지대의 간부교육과정이나 연세대학교 정치학과, 서강대학교 산업문제연구소, 종교단체 성직자 연수회, 중·고등학교 교사 연수회, 산별노조 연찬회, 공무원 교육원 등 어디서나 이런 내용의 강의를 먼저 하여 공산주의자들의 강사들이 강의하는 것과 같은, 어떤 면에서는 그들의 선동적 성향을 빼면 그들의 강의 내용보다 더 정확했다고 자부한다.

서강대학교 산업문제연구소에서 있었던 일이다. 자본주의 사회의 필연적 붕괴론까지 강의를 들은 수강생이 상을 당하여 집에 갔다. 동료들과 만나 서강대학교에서 자본주의 사회는 반드시 망하고 공산사회가 된다는 경찰전문학교 정보학과장의 강의를 들었다고 하여 관할 경찰서 대공과에서 해명을 요구해온 적이 있었다. 그다음 시간의 비판적 강의를 듣지 않았다는 것으로 문제될 것이 없었다.

경찰대 학장이었던 유내형 선배가 총경 때 총경반에서 내 강의를 듣고 휴식시간에 전 교관 강의가 다이내믹했다는 말을 한 적이 있었다. 공산주의 이론 강좌의 내용이 적극적이었다는 것이다. 고등학교 동기이면서 간부후보생 동기이기도 한 장한민 군이 총경반에 입교하여 강의를 듣고 휴식시간에 휴게실에서 걱정스러운 말을 했다. "너 그렇게 강의를 해도 괜찮은 거냐? 조금 걱정된다." 공산주의자들한테 공산주의 강의를 듣는 것과 다르지 않다는 걱정이었다. 예지대뿐만 아니라 여러 곳에서 강의를 했는데, 수강생 중에는 《공산당 선언》이나 《자본론》 같은 책을 읽었거나 의식화되었거나 연수회 같은 곳을 통해 그런 내용을 알고 있던 사람들도 있을 수 있다고 생각되었다. 그들이 알고 있는 내용을 다시

한 번 정리해주고 그 이론의 오류와 잘못된 모순을 명백히 알려주어야 한다는 생각이었다. 자본주의 사회의 필연적인 붕괴와 공산주의 사회가 도래할 수밖에 없다는 이론 내용을 그들이 말한 대로 소개하고 비판적 내용이 제시되어야 한다는 확신을 가지고 있었다.

1965년 즈음, 전국 대학의 정치학과에 '공산주의 이론 비판'이라는 강좌는 없었고, 연세대 정치학과에서 3학년 선택과목으로 최초로 개설되었다. 정치학과의 선택과목이었으나 강의가 계속되는 동안 철학과, 경제학과, 신학과, 법학과 학생들까지 참여하게 되었고, 경찰서장으로 발령되기까지 14년 동안 그 강의를 계속 담당했다. 대개 내 강의는 오후에 배당되었는데, 짧은 겨울 해에 4시간 강의가 끝날 때쯤 되면 교실이 어두워졌다. 예의 자본주의 사회의 필연적 붕괴와 공산주의 사회의 도래론이 끝나고 나면 그 이론의 모순을 제기해야 하는데, 그즈음이면 교실 안이 어두워졌다.

"전깃불을 켜고 약 두 시간 강의를 계속하겠습니다. 이미 소정의 시간은 끝났으니 사전 약속이 있는 학생은 나가도 좋습니다. 강의를 계속하겠습니다."

다행히도 일어서 나가는 학생은 없었고, 두 시간의 연장 강의를 성공적으로 마칠 수 있었다. 광복관 강의실을 나와 백양로 길을 걸으며 나에게 예정에 없었던 야간 연장 강의를 할 수 있도록 100년 전에 《공산당 선언》과 《자본론》을 써서 남겨준 마르크스에게 감사하는 마음이었고, 백양로의 밤공기를 실컷 들이마시며 행복해했다.

서강대학교 산업문제연구소의 추천으로 필리핀 바기오시티에서 열리고 있던 아세아권 노동문제에 대한 연수회에 참석한 적이 있었다. 그 당시 바기오 대학에서 영문학을 공부하고 있던 클라우디아(이해인), 세실리아 두 분의 수녀님을 만나 주변의 관광지와 수녀원에 안내를 받은 적이 있다. 귀국하여 얼마 후 두 분 수녀님이 예지대를 방문하여 해운대 건너편에 있는 '베네딕토 수녀원'의 수녀님들께 공산주의에 관한 강의를 해주기를 청하셨다. 약속시간에 수녀원에서 오전 3시간의 강의가 끝났으나 제대로 시간을 진행하지 못했다. 점심 후 원장님의 특별한 배려로 4시간의 연장 강의가 있었으나 역시 미흡했다. 저녁을 먹고 나서 다시 3시간을 얻어 하루에 10시간 강의라는 강행군을 했다. 여러 곳에서 많은 강의를 했지만, 공산주의 이론의 소개와 그 비판을 요약하여 10시간 동안 계속한 것은 처음이었다. 강당을 가득 메운 수녀님들의 진지한 수강 태도 역시 다른 어느 곳에서도 찾아볼 수 없었던 진지한 모습으로 기억한다. 10시간을 연강했지만 하나도 힘들지 않게 강의할 수 있었던 것은 수녀님들의 훌륭한 청강태도 때문이었다고 생각하며 나에게 그런 강의기록을 세우도록 도와주셨던 수녀님들에게 지금도 감사한 마음을 잊지 않고 있다. 2년 전쯤 세실리아 수녀님과 전화통화를 했는데, 40여 년 전 10시간 마라톤 강의를 기억하시면서 웃으셨다.

12. 허공에 흩어진 명강의

　　지성경찰과 민주경찰을 향한 꿈을 실현하기 위한 담당과목의 연구와 강의는 끊임없는 노력으로 계속되었다. 정상적인 생계비에 미치지 못한 봉급으로 살아가면서도 내 뜻에는 변함이 없었다. 제대로 냉방도 안 되는 교실에 이백 명 가까운 학생들이 꽉 들어차 있었다. 여름철 찌는 듯한 복중에 3시간씩 열강하다 보면 잔등에 땀이 줄줄 흐르고 땀이 마르면 하얀 소금 소태가 작업복에 앉았다. 그러나 강의가 예정보다 조금 빨리 끝나면 그 시간을 아껴서 '우리 경찰이 지금 해야 할 일이 무엇인가?'라는 내용을 열강하곤 했다.

　　"경찰이 청렴해져야 사회와 국가가 깨끗해집니다. 파수꾼이 정직하고 깨끗해야 국민이 잘못된 일을 적게 하게 되고 깨끗한 생활을 하게 마련입니다. 경찰은 국가기관의 작은 조직이지만 일을 하기에 따라서는 큰 영향력을 발휘할 수 있는 조직입니다. 여러분! 우리가 경찰에 들어오기 전에 경찰을 어떻게 보았는지 생각해보십시오.

믿지도 않았고 존경하거나 고마운 사람들이라고 생각했던 일이 있었던가요? 불행한 일이었지만 그러지 못했습니다. 그런데 지금 우리는 그러한 경찰관이 되겠다고 이 자리에 모였습니다. 지난날 우리 경찰처럼 국민의 불신과 비난의 대상이 되겠다는 생각으로 경찰에 투신하셨나요? 경찰의 업무는 어느 다른 직업보다 고되고 어려운 직업입니다. 보수도 그리 많지 않습니다. 국가가 주는 월급만으로는 최소한의 생계비에도 미치지 못합니다. 지금 나도 그렇게 적은 보수로 겨우겨우 생계를 잇고 있습니다. 그러나 다른 생각하지 않고 월급만으로 생활해야 합니다. 이곳 예지대는 다른 부수입을 생각할 수 없는 곳입니다. 월급만으로 생활하며 근무는 최선을 다하고 있습니다. 내 작업복은 땀으로 젖고 그것이 마르면 소금소태가 작업복에 달라붙습니다. 폐결핵으로 각혈도 했으나 일 년 동안 이 강의를 계속하고 있습니다. 고된 근무에 영양실조에 시달리는 경찰관이 하루에도 여러 명 전국에서 쓰러지게 된다면 경찰관에 대한 처우도 달라지지 않을까 생각해봅니다. 경찰에 대한 불신을 씻고 존경받는 경찰의 새 모습을 창조해보고 싶은 생각입니다. 여기 모인 젊은 지성경찰 여러분! 여러분이 새로운 경찰의 꿈과 노력으로 그런 경찰 한번 해보십시다! 꿈이 있는 경찰 한번 해보십시다!"

무슨 뜻인지는 모르나 학생들은 큰 박수로 호응해주었다.

그러나 1년이 지나고 2년이 지나도 젊은 경찰관들이 고되고 원칙적인 근무와 영양실조로 쓰러졌다는 소식은 들을 수 없었다. 그날의 박수 소리는 허공에 흩어지고 말았다. 이때 나는 '맨체스터 자유주의'에 관하여 깊은 관심을 가지고 있었고 많은 영향을 받고 있었다. 또 그에 관한 글을 읽고 있었다. 허공에 흩어진 명강의(?)와 함께 맨체스터 자유주의는 사람들에 대한 나의 생각이 잘못되었다는 것을 깨닫게 해주었다. 사람들은 어떤 순간 어떤 생각에 감동받을 수는 있다. 그러나 그러한 감동을 그대로 자신의 생활 속에 실천하기는 어렵다. 인간은 다른 동물보다 더 많은 지혜를 가진 존재이다. 그러나 동물일 뿐 천사는 아니다. 동물적 본능을 가졌다는 면에서는 다른 동물과 같다는 생각을 하게 되었다.

사람들은 자기 자신을 위해 하는 일을 다른 사람을 위해 하는 것보다 더 열심히 한다. 이것은 다른 동물의 세계에도 그대로 적용된다. 또 자기 자신을 위해 하는 일은 괴롭고 힘들어도 끊임없이 계속해나가게 된다. 그러나 그것이 남을 위한 일이라면 아무리 훌륭한 일이라도 끊임없이 계속해나갈 수 없다는 것이 맨체스터 자유주의의 내용이다. 이런 논거에 근거하여 만약 이 세상에 천사와 악마가 있다면 그것을 어떻게 구별할 수 있겠는가? 자기가 해야 할 일에서 다른 사람이 하는 것보다 뒤지는 사람이 악마이다. 반대로 다른 사람이 하는 일보다 앞서는 사람이 천사라고 했다. 상품생산을 하거나 원료를 구입하거나 상품을 거래하는 일에서 남보다 이윤을 많이 남기는 사람이 천사가 되는 것이다. 초기 자본주의 사회의 기본적인 원리는 여기에 있었다고 볼 수 있다. 인간의 동물적 본능의 역할을 생활이나 사업에 그대로 적용했다.

경찰이나 다른 어떤 조직도 그 경영하는 내용은 사람이란 천사나 다른 동물과 교양 면에서 차이가 있을지언정 그 본능 면에서는 크게 다를 바 없다는 전제하에서 운영되어야 한다는 결론을 얻었다. 경찰이 되겠다고 모여든 젊은이들이 그들의 생활면에서 다른 일반인들과 전혀 다른 존재가 아니라는 것을 전제로 삼아야 한다. 일반 국민과 다른 특별한 존재가 아닌 평범한 존재인 경찰관들에게 지나친 기준의 행동을 요구하는 것은 현실적인 교육의 내용이 될 수 없다는 것을 깨닫게 되었다. 모든 사람이 천사가 될 수는 없으며 인간으로서 살아갈 수밖에 없는 존재이기 때문이다.

13. 우리 모두는 천사가 아니다

    나를 비롯하여 우리 모두 천사가 되자고 하던 나의 생활 목표는 이 때 이후 "자기 자신을 위하여 최선을 다하여 살자. 그리고 그 일을 계속 하자. 천사가 되기보다는 사람으로 살도록 하자"로 바뀌었다. 각 개인이 이런 생활로 이룩한 성과를 국가나 사회나 법적인 제도나 교육을 통하 여 조절하며 조화와 균형을 잡아가는 것이 우리 사회가 나아갈 길이라 는 결론을 얻었다. 자기 자신의 이익을 추구하되 타인의 희생을 강요하 는 것이 아니라, 자신의 이익을 위한 노력의 결과가 자신과 타인에게 함 께 유익하게 되는 것이 옳다는 결론이었다.

    경위 때 경위 기본반에서 강의를 했는데 그들 가운데 경감으로 승 진한 사람들이 다시 경감 기본반, 그 후에 다시 경정, 총경 기본반에 입 교하여 교육을 받게 되었다. 이들 가운데 몇 사람이 휴식시간에 휴게실 에서 나에게 한 말이다.

    "전 교관은 교육을 위해 학교에서 너무나도 많은 고생을 하십니다. 경위 때 교육을 받았고 다시 경정 기본반에 입교했는데 여전히 학교에 계십니다. 학교 교육을 위해서는 좋은 일이나 교관님 개인을 위해서는 너무 큰 희생 같습니다."

　　나를 염려하고 위로해주는 말이기는 하나 그것은 잘못된 말이었다. 내가 학교에 그토록 오래 교관 자리를 지키고 있었던 것은 이 사람들의 말처럼 학교와 경찰교육을 위한 것만은 아니었다. 경찰교육을 위한 것이었다면 그렇게 오랫동안 학교에 머물러 있지 못했을 것이다. 내가 읽고 싶은 책을 읽을 수 있었고 하고 싶은 공부를 할 수 있었으며 나의 학문적 발전을 위해 다른 어떤 경찰직에 있는 것보다 도움이 되었기 때문이다. 사람들이 추구하는 목표는 몇 푼의 돈이나 술자리일 수도 있으나, 자신의 꿈과 이루고 싶은 명예가 더 소중한 사람도 있는 법이다. 다른 사람이 마음대로 읽을 수 없는 금서(禁書)를 읽을 수 있고 예지대 밖의 대학이나 여러 단체에 출강도 할 수 있어 즐거웠으니 그것이 괴롭다거나 희생이라는 말은 당치도 않았다. 연세대학교에서 강의한 내용을 중심으로 《사회주의, 공산주의》라는 비록 졸저였지만 그동안 공부한 내용을 정리하여 책으로 출판할 수도 있었다. 인세와 책 판매대금으로 연기군 전의면에 비록 30도 경사의 악산이지만 5만 평이나 되는 넓은 임야를 구입할 수 있었다. 주말이나 여름휴가에 관광지를 찾는 대신 아내와 아이들을 데리고 산에 가서 나무를 베고 묘목 심을 구덩이를 파고 풀 베는 일을 계속 했다. 14년 동안 밤나무, 오동나무, 사과나무 등 3천 그루를 심었다. 경찰에서 퇴직한 후, 그 아까운 산을 팔아 지금 경영하고 있는 충주의 사과 과수원 15,000평을 구입하여 대토했다. 경제적으로도 이만하면 부자가 아닌가 생각하며 행복하다. 공산주의 연구 분야에서도 이름이 알려졌고, 내 생활 자체가 행복하다고 생각하며 살아왔다.

1960년대 경감은 지방 경찰서장직에 보직되고 있었다. 지방관서장으로 있다가 예지대 교관으로 발령을 받으면 대개의 경우 불평과 불만들이었다. 학교에 전입된 후 1년이 넘으면 지방관서로 나가게 되는 것이 일반적이었다. 그동안 담당하게 된 교과목을 열심히 공부하지 않았던 것으로 기억한다. 그러나 나는 나의 인생과 생활을 예지대에 걸었고 17년 동안이나 교관요원으로 내 담당과목의 연구에 게으르지 않았다. 나의 학문적 발전은 물론 모든 삶이 성공적이었다. 열심히 연구하지 않는 동료 교관들의 강의내용보다는 나의 그것이 더욱 충실했다고 자부하고 있었다. 나의 발전을 생활의 목표로 했으나 그 누구에게도 피해를 준 것이 없다. 나의 노력이 나 이외의 다른 사람에게도 함께 유익한 것이 된다면 그보다 더 바람직한 일이 있을까?

이렇게 즐거운 생활이 계속되었는데 총경 진급의 낭보를 접했다. 경감과 경정 진급도 큰 어려움 없이 할 수 있었다. 직업이 경찰일 뿐 일선 관서에서의 근무 경력은 전무했고 교관생활이 전부였다. 진급과 동시에 지금까지 했던 일과는 전혀 다른 총무과장의 보직을 맡게 되었다. 그동안 학교에 있으면서 학교 행정에서 개선해야 할 것을 알고 있었다. 이젠 그 일을 해야 한다.

오래된 나무가 고사했을지라도 그 뿌리 어딘가 살아있다면 그 나무는 다시 살아날 수 있는 법이다. 경찰이 국민으로부터 불신을 받고 있었지만 그 뿌리는 살아있다. 그곳이 경찰대학(이름만 변경, 종합학교가 포함됨)이어야 한다. 예지대를 경찰 쇄신의 자리로 만들어야 한다. 나름대로 이런 꿈을 안고 총무과장의 일을 시작했다.

학교의 주인은 학생들이다. 이들이 먹고 입고 잠자는 자리가 편안하도록 해야 한다. 그러나 국가 예산은 턱없이 부족하다. 동시에 행정적 경영 역시 만족스럽지 못하다. 부족한 예산은 어쩔 수 없으나 행정적 누수는 막아야 하고 최선의 방법과 내용으로 개선되어야 한다. 내가 할 일이 바로 그것이다. 그 당시 학교의 급식은 지금과 달리 학교에서 직영하고 있었다. 채소류, 육류, 각종 조미료 등이 모두 입찰에 의하여 구입되고 있었다. 입찰 사양서에는 모든 품목이 '고급'이라고 되어 있었으나 실제로 납품되는 것은 그렇지 못했다. 채소류의 경우 부평시장에서 팔다가 저녁에 남는 것이 납품되는 일이 비일비재했다. 육류의 경우 정육점에서 일반 소비자에게 팔 수 없는 기름덩이가 그대로 중량만 맞춰 납품되고 있었다. 된장이나 고추장도 학생들의 수에 맞는 정량이 투입되고 있지 않다는 것이 어제 오늘의 일이 아니었다. 우선 이런 일부터 개선되어야 했다.

납품업자들과 학교 경리계의 담당자를 소집했다. 앞으로 납품되는 물건들은 시방서에 명시된 대로 '상품'이어야 하고, 정문에 배치된 검수관이 상품으로 인정해야 통과될 수 있다고 지시했다. 십여 년 넘게 학교에 있었지만 그날의 당직관이 검수관인데 한 번도 검수관이 직접 납입물품을 접수했다는 소리를 들은 바 없었다. 형식적인 검수절차를 거쳤을 뿐이다. 접수관을 학생대장과 지도교관으로 바꾸고 철저한 검수를 하도록 지시했다. 채소의 경우 먹을 수 없는 것은 제외시켰고 육류도 너덜너덜하게 붙은 기름덩어리는 제거하도록 했다.

참깨와 들깨를 곡물시장에서 직접 구매하여 기름집에서 짜오게 했다. 이렇게 며칠이 지났다. 납품업자들과 담당직원들로부터 불평이 쏟아져 나왔다.

"아무것도 모르는 총무과장이 새로 와서 우리 상인들이 장사 못 해먹게 되었다. 총무과장을 몰아내야 한다."

이런 일은 처음부터 각오한 일이었으나 그대로 밀고 나갔다. 상인들에게는 그들 나름대로의 어려움이 있다는 것을 전부터 알고 있었다. 한 달 납품한 물건 값을 받기 위해 경리계에 몇 번이고 드나들어야 하고, 대금결제는 두세 달씩 넘겨야 했다. 학교에 오면서 빈손으로 올 수는 없었고 따로 봉투를 지참하기도 했다. 이런 일들로 입찰단가는 높아질 수밖에 없었고, 납품되는 물건은 시방서대로 할 수 없었다. 학교에서 납품업자들에게 해줄 수 있는 일은 납품 물품의 결제를 빠른 시일 내에 조건 없이 지급하는 것이라 생각했다.

"그동안 저 때문에 장사하는 데 많은 어려움을 겪었을 줄 압니다. 앞으로는 납품되는 모든 물품을 시장에서 거래되는 수준의 품질로 맞춰주기 바랍니다. 그달 납품물품가 결제는 그다음 달 초하루에 차질 없이 지급하기로 약속합니다. 여러 차례 학교에 드나들 필요는 없을 겁니다."

상인들에게 이런 약속을 했다. 그러나 학교의 담당 실무자들은 그것이 불가능하다고 했다. 여러 가지 다양한 물품과 많은 양의 대금을 그리 빨리 계산할 수 없다고 했다. 물론 나는 경리나 회계에 대한 내용에 대해 문외한이다. 그러나 이것은 한 국가의 재정에 관한 일도 아니고, 학교의 작은 살림살이를 그날그날 기록하고 매일 누계로 정리해가면 월말에 총계가 나올 수 있고 그에 따라 대금지급을 하면 될 일이다. 그러한 조치를 취할 수 없을 만큼 어려운 일이 아니라는 결론을 얻어 상인들에게 약속한 대로 대금결제를 할 수 있었다. 납품 물건의 질은 조금씩 나아졌고, 대금지급도 약속대로 되어 예산 범위 내에서 정상적인 행정

조치가 취해지게 되었다.

　지금은 공직사회가 많이 달라졌다고 한다. 그러나 그때만 해도 지방경찰관서장이나 간부들이 저녁 술자리에 초대되는 일은 흔히 있었다고 들었다. 이런 관례에 익숙했던 분들 중에서 학교에 와서 한 가지 썩지 않는 나무뿌리가 되고자 하는 분들을 별로 볼 수 없었다. 부평 시내 요정에 학교의 어느 분이 다녀갔다는 말을 흔히 들을 수 있었다. 그 자리를 마련하고 사후처리를 한 사람은 경리계의 실무자였다고 했다. 이들이 자기 집 기둥 뽑아다 팔아 그런 자리를 마련한 것은 아닐 터였다. 그러한 일을 할 수 없는 조건을 총무과장이 마련했으니 그 일이 아무리 옳고 정당하다 하더라도 그것은 괘씸죄에 해당할 일이 아니었던가 싶다. 총무과장이 고울 리 없다. 교관은 그럭저럭 잘했으나 행정사정은 너무 몰라 그 자리에 오래 둘 수는 없다는 결론을 얻었을 것이다.

14. 괘씸죄의 덫에 걸린 나

　그 당시 학생 생활관을 신축하고 있었고, 내가 그 재무관이며 건축책임 감독관이었다. 내가 감독관으로 새로 짓는 건물이었다. 10년, 100년이 지나도 금 하나 안 가는 튼튼한 건물을 지어야 한다. 시공과정에 전문기사를 대동하고 공사현장을 하루에도 몇 번이고 돌아보면서 잘못된 부분을 문서와 전화로 시정하도록 통보했으나 별로 고쳐지지 않고 있었다. 회사 간부가 찾아와서 회사에 부도가 나게 되어 어려우니 중도금을 지급해달라고 요청했다. 회사가 그동안 통보한 잘못된 공사를 시정하지 않았기 때문에 중도금 지급은 불가능하다고 알렸다. 하자 보증금이 있다는 이의를 제기받았으나, 하자 보증금은 건축과정 중에 하자 없이 완공된 건물이 준공 후 일정 기간 안에 하자가 발생했을 때 그 하자를 보수하기 위한 것이었다. 건축과정에서 하자가 있어서는 안 된다는 논리로 중도금은 끝내 지급되지 않았다.

　그 당시 나의 직속상관은 아니었으나 경찰에서 막강한 권한을 행사하고 있던 분께 불려가서 사회와 경찰의 형편을 너무나 모른다는 꾸중과 함께 중도금 지급을 즉각 시행하라는 강요를 받았다. 그래도 그리 하겠다는 대답 없이 그 자리를 나와버렸는데, 그 며칠 후에 '총경 전석린 총무과장 면함'이라는 전통을 받았다. 현재 같은 총경인 교무과장이 있는 교무과에 배치한다는 인사 조치였다. 영락없이 직위해제가 된 셈이다.

아침 해가 뜨기 전에 어둠을 뚫고 오류동 집에서 경인가도를 달려 예지대까지 출근했다. 아침 일조 점호장을 먼발치에서 지켜보고 중앙난방 보일러실을 살폈다. 취사장에 들러 직원들과 고용원들의 보고를 받고 이들을 위로하곤 했다. 밤샘을 한 지도관들과 함께 아침식사를 하고 학교 구석구석을 살피고 다녔다. 이런 생활을 거의 반년 동안이나 계속했고, 그동안 잘못되었다고 느끼던 행정 분야의 문제를 고치는 데 한 점 사심 없이 뛰고 또 뛰었다. 그런데 하루아침에 직위해제의 명을 받은 것이다. 그 무엇보다 공직사회에서는 괘씸죄가 무섭다는 것을 처음 깨달아 알게 되었으니 경찰조직의 현실을 너무나도 늦게 안 것이다.

학생들은 주말에 외출이나 외박을 하여 오랜만에 친구들을 만난다. 자연히 저녁 술자리가 마련되고 귀교하여 월요일 아침이면 해장국밥이 생각나기 마련이다. 이들에게 진국 해장국을 끓여주자. 직원을 독산동 축산물 도매시장에 보내 소뼈 등을 구입해서 오랫동안 푹 끓여내어 아침식탁에 해장국을 올리게 했다. 남은 것을 저녁에 배식했는데 그것이 화근이었다. 1개 소대나 되는 많은 학생들이 식중독으로 학교 앞 성모병원에서 치료를 받게 되었다. 소금 된장국에 무만 썰어 넣어 끓여줄 때는 식중독이 없었다. 잘해준다고 한 일이 잘못되어도 한참 잘못된 것이다. 세상일이란 알 수 없는 노릇이었다.

천여 명이 넘는 학생들의 취사를 하다 보니 아침저녁으로 음식 찌꺼기인 잔반이 많이 나오고 있었다. 학교 주변의 주민들이 이것을 날라다가 돼지를 키우고 있었다. 부족한 예산을 보충할 수는 없으나 밥찌꺼기라도 학생들에게 돌려줘야겠다는 생각이 들었다. 더욱이 취사반 고용원들이 육류, 고춧가루, 참기름 등 값나가는 것들을 비닐봉지에 밀봉하여 밑에 넣고 음식찌꺼기를 위에 덮어 내간다는 사실도 알고 있어서 음식찌꺼기 반출을 금하고 학교에서 직접 양돈을 할 계획을 세웠다. 무기고 뒤편의 숲속에 양돈사를 짓고 곤지암에 있는 경기도 종축장에 연락하여 우수종돈을 분양받아 본격적인 양돈 사업을 시작했다. 학생 중 사회에서 양돈을 한 경험이 있는 자를 선발하여 양돈 당번근무를 맡겼다. 목표가 100마리였는데 중간에 돼지를 잡아 학생들의 식탁에 푸짐하게 올릴 수 있었다. 밥찌꺼기까지 학생들에게 돌아갈 수 있어서 모두들 기뻐했다. 그러나 의정부 서장으로 전임되었을 때 돈분 처리문제가 제기되어 양돈장은 결국 폐쇄되었다는 소식을 들었다. 의욕을 앞세웠으나 치밀한 계획이 짜이지 못한 것이 흠이었다.

총무과장은 면직되었으나 학교에서 쫓아내지 않고 교무과장 옆에 자리 하나를 마련해주었으니, 내가 할 일이 그런대로 학교에 남아 있었던 것 같다. 비록 직위해제 상태였으나 그러한 여건에서도 찾아보면 할 일은 있게 마련이다. 교관들의 교안을 철저히 검토하고, 교관들의 강의를 계속 청강하여 그에 대한 조언을 하기도 했다. 이런 일을 하고 있는 동안에 원용구 교장이 종합학교 교장으로 오셨고, 그곳 교무과장으로 발령받게 되었다.

IV

진흙탕 속의 행진

신임 순경과정 36기와 41기의 교육프로그램을 짜고 실행하는 과정에서 정신없이 바쁘게 보내는 동안 한 해가 훌쩍 지나갔다. 원용구 교장도 이러한 교육 개혁에 적극적이셨고, 특히 학생대장 이영상 경감과 교관들이 적극적으로 이 일에 동참해주었다. 경찰생활 중에서 가장 만족스럽고 행복하게 근무한 기간이 이때였고, 지금도 그렇게 기억한다. 후보생 졸업 후 17년 동안 학교의 교관으로 근무하면서 일선 경찰관서의 경험이 없었는데 갑자기 이천경찰서장으로 전출발령을 받았다.

막상 학교를 떠난다고 하니 그 섭섭함이 헤아릴 수 없이 컸다. 이곳은 내 공직의 요람이며 고향이었다. 그러나 일선 업무에 대한 호기심도 있었다. 학교와 일선 경찰관서의 업무형식과 내용에 대해서는 익히 들어왔다. 학교에서는 이런저런 사정이나 상황을 고려할 필요 없이 법과 규정이 정한 대로 원칙을 가르치면 된다. 그러나 일선 관서에서는 그런 원칙만으로 업무를 처리할 수 없다는 말을 많이 들어왔다. 후보생 입교를 위하여 이불보따리를 짊어지고 내무반에 짐을 풀던 생각부터 17년간 학교에서 생활한 일을 떠올리면서 평소 다정하게 지내던 후배 교관들과 학교 구석구석을 돌아보고 있었다.

"과장님, 서장으로 영전된 것 축하드립니다. 그러나 조금은 걱정이 됩니다. 일선 서장으로 하시는 일이 학교에서 하시던 일과는 같지 않습니다. 나가셔서 잘하시도록 노력하세요. 직원들 가운데는 과장님이 일선에 나가셔서 오래 계시지 못하고 학교로 다시 돌아오시게 될 것이라고 염려하는 사람도 있습니다."

이런 염려를 해주는 직원들이 고맙기는 했지만, 나는 그렇지 않았다. 농구공을 망 속에 집어넣는 것과 축구공을 골문 안으로 차 넣는 것,

강타로 배구공을 상대방 코트 안에 내리꽂는 이치는 각각 그 형식이 다를 뿐 원리는 하나로 같다고 생각한다. 공의 각도와 강약, 상대방의 허점을 재빨리 파악하는 일이 있어야 그 성공 여부가 결정되는 것이다. 경험이 이러한 일을 아는 데 가장 큰 도움이 되지만, 경험이 없더라도 원리를 제대로 빨리 파악하면 되는 것이다. 나는 이제 '아테네'를 떠나 '로마'로 간다. 최소한 크게 부정하게 행동하지 않을 것이고 부패하지도 않을 것이며 로마 사람들처럼 살아볼 것이다.

"염려해주고 걱정해주는 것은 고맙지만 그렇게 쫓겨 돌아오지 않을 걸세. 명서장으로 칭찬 듣고 영광스러운 모습으로 다시 돌아오겠네."

15. 선과 악

생전 처음으로 경찰서장 차를 타고 경찰서 과장의 안내를 받으며 부임지인 이천경찰서에 도착했다. OB맥주공장의 큰 굴뚝에서 뿜어 나오는 연기 외에는 한가롭기만 한 시골 읍 소재지가 조용히 잠들어 있었다. 늦게까지 기다려준 직원들을 만나 부임식을 마치고 서장 관사에 짐을 풀었다. 마당 한 구석에 큰 전나무 고사목과 그 아래 앵두나무가 한 그루 있을 뿐이고, 옛 동헌 뒤에 있던 한옥을 수리하여 내가 앞으로 묵을 관사가 마련되었다.

멀리서 들려오는 개 짖는 소리와 장닭 울음소리에 일찍 잠에서 깨어났다. 읍 소재지를 돌아보기 위하여 서둘러 외출 차비를 하고 서의 뒷문을 나섰다. 읍사무소 앞 큰길을 따라 맥주공장을 향해 걸어 복하내 다리 앞에 이르렀다. 방향을 바꿔 이천농고 쪽으로 발길을 돌려 경찰서 뒷길로 해서 양정여고 앞으로 나왔다. 다시 읍내 큰길로 나와 설봉호에 이르렀다. 부지런한 국궁 궁사들이 호수 건너편에 있는 표적을 향해 쏘아대는 활시위 소리가 호수 위를 가르고 있었다.

지금은 이천이 수도 외곽 도시로 크게 발전하여 시로 승격되면서 몰라보게 커졌으나 그 당시에는 읍내 외곽을 걸어서 한 시간에 돌아볼 수 있는 계명한촌의 읍 소재지였다. 새마을운동이 막 시작되는 길목에서 초가지붕이 슬레이트 지붕으로 바뀌고 드문드문 기와집들 사이에 양철지붕도 섞여 있었다. 읍내의 도로는 아직 포장되기 전이었고 바람에 먼지구름이 일고 있었다.

　　오전에는 각 과별로 업무 보고를 받고 오후에는 우리 서와 접해 있는 광주, 여주, 안성, 음성 경찰서와의 경계지역을 둘러보았다. 관내 지소와 파출소를 돌아보기도 했다. 교통위반사건, 폭행, 도박, 절도사건이 있었으나 관내의 치안상태는 양호한 것으로 파악되었다. 이런 조용한 경찰서에서 내가 해야 할 일이 무엇일까? 나와 같이 생활하고 있는 직원들에게 나의 치안 철학을 주입하여 같은 생각을 갖도록 해야겠다는 것이 그 첫째 과제였다. 매주 있는 직원회의에서 교양 강좌를 열기로 했다.

　　우리는 악한 경찰이 아닌 선한 경찰이 되어야 한다. 부패하고 더러운 경찰이 아닌 청렴하고 깨끗한 경찰이 되어야 한다. 그런데 '선'이란 무엇이고 '악'이란 무엇인가? 깨끗하다는 것은 무엇이며 더러운 것은 또 무엇인가? 이러한 말들이 지니는 뜻을 분명히 해야 한다는 생각을 했다. 이런 말들은 동물계에 속하는 인간이 살아가는 내용에서 비롯되는 가치관이라 할 것이다. 사람들은 아침에 일어나면 양치질을 해서 입속을 닦아내고 세수를 해서 손과 얼굴의 때를 씻어낸다. 그러나 아무리 입속을 닦아내고 깨끗이 세수를 해도 인간은 절대적으로 깨끗해질 수 없는 존재다. 입속을 헹구고 얼굴의 먼지와 때를 씻어냈지만 그것보다 몇 배나 더러운 것을 배와 몸속에 간직하고 살아가는 것이 인간이다. 사람이 사람인 이상 절대적이며 철저하게 깨끗해질 수는 없다. 깨끗해지려고 하나 더러운 것이 인간이다. 더러운 존재이면서도 깨끗해지려고 하는 것이 인간이기도 하다.

깨끗함과 더러운 것에 대한 기준을 분명히 해두어야 한다고 본다. 어떤 사람이 깨끗한 사람이라고 하는 것은 그가 다른 사람보다 덜 더러운 사람이라는 뜻이다. 또 어떤 사람이 더러운 사람이라는 것은 그가 다른 사람보다 덜 깨끗하다는 말이다. 선하다는 것과 악하다는 것도 이와 다른 것이 아니다. 깨끗함과 더러움, 선과 악을 절대적인 기준에서 판단해서는 안 되는 까닭이 이런 인간의 이중성 때문이다.

절대적인 기준에 따르면 깨끗한 사람은 한 명도 없다. "의인은 없나니 하나도 없다"는 성경의 말은 진리다. 그렇다고 해서 더럽게 살거나 악하게 살아도 좋다는 말은 아니다. 우리의 생활을 덜 더럽고 덜 악하게 살아가도록 노력해야 한다고 믿는다. 나는 예지대 교관생활을 하면서 끊임없이 그렇게 살고자 힘써왔다고 생각한다. 그리고 그것은 자랑스러운 것이라고 자부한다. 덜 더러운 생활, 덜 악한 생활을 하면서 인생을 살아가자. 이러한 나의 생활원칙이 내 직원들에게 받아들여졌으면 하는 희망이었다.

이런 나의 주장은 부정과 부패가 없는 정의로운 사회를 건설하겠다는 사람들에게는 용납할 수 없는 망언으로 들릴 것이다. 그들은 국가의 모든 부조리를 발본색원, 뿌리째 뽑아야 한다는 주장을 앞세우기 때문이다. 새로 권력을 잡거나 우리의 상사로 처음 부임해서 오는 높은 분들의 주장은 늘 그러했지만, 지내놓고 보면 아랫사람들에게는 그러기를 요구하면서도 자기 자신이 그렇게 행동하는 분들을 일찍이 볼 수 없었다. 그러기에 부정과 부패를 뿌리째 뽑겠다는 분들의 말을 나는 믿지 않는다. 인간은 그 많은 사람 가운데 몇 사람, 특별히 천사와 같은 사람만이 그 약속을 지킬 수 있을지언정 모든 사람들에게 그렇게 하기를 기대할 수는 없다. 지킬 수 없는 말을 남발하기보다는 조금 덜 더럽고 조금 더 깨끗한 생활, 조금 덜 악하고 조금만이라도 더 선한 생활을 하자고 주장하는 편이 옳다고 믿는다. 우리가 경찰관으로서 공직생활이나 개인생활을 하면서 마음속에 간직해야 할 가치관을 이렇게 정리해주었으면 하는 바람이었다.

16. 이천 학생연수회

관내에 큰 범죄사건은 없었고 대체로 평온했다. 이러한 상황에서 평상적인 치안 상태에 만족하며 안일한 생각으로 안주할 수만은 없었다. 무엇인가 가치 있는 일을 찾아내어 해보아야 했다. 교육장을 찾아가 '이천 학생연수회'를 해보자고 의논했다. 이천에는 당시 대학이 없었고 몇 개의 고등학교가 있었다. 이들이 학업을 마치면 다른 곳으로 옮겨 살기도 하겠으나 이천군 내에서도 살게 될 것이다. 이천의 일꾼이 될 것이다. 각기 출신 면이 다르기 때문에 서로 모르고 지내며 친교가 없다. 이들을 학창시절부터 서로 알고 지내도록 도와주자. 이러한 제안에 교육장은 대환영이었다.

우리는 술도가나 양조장을 생각하면 대개 면마다 하나씩 있는 막걸리 양조장을 떠올린다. 뜨물로 키우는 돼지우리를 생각하기 마련이다. 다행히도 관내에는 국내의 대표적인 맥주공장이 있고 3만 두 이상의 기업양돈을 하는 양돈장이 있다. 장래 맥주회사의 고객이 될 학생들에게 막걸리 술도가가 아닌 오늘날 우리나라의 대표적인 양조업계인 OB맥주가 있기까지의 회사 홍보 기회를 줄 테니 학생 연수회의 경비를 지원해달라고 요청했다. 물론 군수, 교육장, 농협지부장, 세무서장까지 군내 기관장이 총동원되었다. 이천 양돈장에도 같은 일행이 방문했고, 어렵지 않게 지원을 약속받았다.

경찰서장이 연수회 디렉터가 되어 고등학교에서 파견된 남녀 교사들과 함께 지도팀을 구성했다. 서장은 유네스코청년원 연수원에서 일주일 동안 학생들과 파견된 선생님들과 함께 생활했다. 연수회 내용은 서울의 유명 대학의 교수들을 초청하여 청년과 국가, 청년과 꿈에 대한 교양특강을 실시했다. OB의 창업부터 오늘에 이르기까지의 시련과 기업에 쏟은 꿈을 홍보담당자가 슬라이드 필름으로 소개했다. 축산도 기업화해야 한다는 내용과 현실적 전망을 실무자들은 홍보했다. 기업특강이 끝난 후 OB와 한국축산의 현장을 방문하여 견학하기도 했다. 이천의 어제와 오늘에 얽힌 지역의 명소를 노인회 대표가 설명하고 현장으로 안내했다. 고향을 사랑하며 일할 일꾼들이 되라는 당부도 잊지 않았다. 국가 안보와 경찰 업무에 관한 치안특강도 있었다.

그동안 이천은 정치적으로나 사회적으로 적잖은 영향력을 행사한 유명한 인사들을 배출한 고장이다. 자유당 시대에 크게 권력을 행사했던 경무대의 곽영주 경무관, 이정제 동대문시장 상인연합회 회장, 정치깡패로 유명했던 유지광 씨 등이 그들이다. 광복 후 민주화가 이루어지기 전 과도기에 부끄러운 역사적 사실을 담당했던 이천 출신의 고향 선배들이었다. 연수회에서 나는 다음과 같은 소회를 밝혔다.

"이들이 부끄러운 역사를 만들어갔던 것은 사실이다. 그러나 그 시대적 상황에서 한 시대와 국가를 경영했다는 점에서 보면 어떤 면에서는 유능하고 능력 있는 선배들이었다고 생각할 수도 있다. 여러분은 그들이 저지른 부끄러웠던 부분의 일들은 빼고, 그 자리에 국가와 사회 그리고 민족을 위한 자랑스러운 일을 채워 넣는 영향력 있는 인물들로 자라는 꿈의 소유자가 되도록 노력하자. 지금 여러분이 앉아 있는 의자를 국무회의장의 의자로, 법관들의 의자로, 대학 강의실이나 교수들의 연구실로, 대기업의 임원이나 한국 경제를 세계 속에 우뚝 서게 하는 중소기업 사장의 사무실로 바꾸어가도록 큰 꿈을 갖고 그 꿈을 이루어가도록 노력하자. 이천 학생연수회가 그런 변화의 계기가 되었으면 한다."

17. 이천 교화위원회

경찰은 범죄 예방과 더불어 범인 체포를 통해 범죄로부터 선량한 일반 시민의 재산과 생명을 보호해야 한다. 그러나 경찰의 단독적인 업무 수행만으로 그 목적을 달성할 수는 없다. 각 지역마다 그곳의 각 기관과 관내 주민이 힘을 모아야 가능하다. 관내에서 범죄를 저지르고 교도소에 수감되어 있는 수감자가 세 사람 있었다. 대개 교도소에서 교화되었던 자가 출소하면 그 죄질이 더욱 흉악해지고 그 결과는 주민을 향한 피해로 돌아가게 된다. 이러한 주민의 피해를 막아야 한다. 물론 전국적으로 출소자에 대한 보호, 지도에 대한 조치가 마련되어 있다. 그러나 그것은 사무적으로 집행될 뿐 지역 주민의 적극적인 참여가 없는 실정이다. 지역 주민과 관내 기관의 적극적인 교화 조치가 있어야겠다는 생각을 했다.

관내 기관장 모임에서 '이천 교화위원회'가 조직되었다. 군수, 경찰서장, 교육장, 세무서장, 농협 군조합장, 목사, 스님, 학교장들이 주축이 되었다. 또한 이 사업에 찬성하는 인사들이 회원이 되었다. 우선 군

내 기관장들과 회원들이 교도소 측과 협의하여 수감자들을 직접 방문하여 위로하고 격려하는 것이다. 둘째는 복역 중인 수감자 가족들의 생계를 돕는 것이고, 수감자가 출소하면 일자리를 책임지고 마련하여 새로운 삶의 생활을 돕는 것이다. 이러한 일은 교도행정에 큰 도움이 된다고 하여 교도소 측의 적극적인 협조를 얻을 수 있었다.

교도소장실에서 간부들이 참석한 가운데 군 기관장들과 함께 수감자 K군과의 특별 면회가 허용되었다. 교화위원회에서 K군과 그 가족들에 대한 약속을 듣고 K군은 눈물을 흘렸다. 자신을 못되고 몹쓸 놈으로 고향에서 버림받은 사람으로 여기고 있었는데, 따뜻한 고향의 정으로 감싸주는 보살핌에 흘리는 눈물이었을 것이다. 아마도 다른 어떤 사람의 위로의 말보다 뜨거운 감동을 주었던 것을 느낄 수 있었다. 특히 관내 출신으로 교도소 생활을 직접 경험했던 유지광 씨의 간곡한 위로와 격려의 말에 K군의 눈에서 눈물이 계속 흐르고 있었다. 수감자가 출소하는 날은 관내 경찰 지·파출소의 경찰관과 면사무소 직원이 교도소에 가서 직접 가족에게 출소자를 인계하기도 했다.

관내 기관장들이 총동원되어 출소자의 취업을 관내 기업체에 요청했으나 그것은 그리 쉬운 일이 아니었다. 절도전과 2범인 K군을 취업시키는 데는 적잖은 어려움이 있었다. 이렇게 어렵게 취업되었지만 3개월 만에 출근하지 않는다는 보고를 받았다. 수사과 담당자와 함께 가정 방문을 했다. 지금까지 남의 물건을 훔쳐 쉽게 살아왔고 교도소에서 비록 자유 없이 구속 생활을 했으나 새로 얻은 일자리에서처럼 육체적으로 힘든 일을 해본 적이 없었다. 다른 노동자들이 하는 것처럼 일을 따라 할 수 없었다고 하소연을 했다.

"그래, 그랬을 것이다. 그러나 다른 모든 사람들도 그런 힘든 일을 참으면서 일하며 살아가고 있다. 힘들겠지만 한 달간만 참으며 다시 일자리에 나가서 일해보라. 그리고 또 견딜 수 없으면 얼마간 쉬었다가 다시 일터에 나가서 힘든 일에 견디는 법을 배워보라."

임경호 군수의 간곡한 권면의 말에 따라 K군은 다시 그렇게 힘들었다는 일터에 복귀했다. 전과자들을 교화하고 다시 범죄의 늪에 빠지지 않게 선도하는 것은 그리 간단하지도 쉬운 일도 아니라는 것을 깨달았다. 그러나 그 일이 그렇게 한두 번의 노력으로 성공할 수 있다면 사회의 암인 범죄를 척결하는 일이 그리 어렵지는 않을 것이다. 정성을 다하여 꾸준한 노력을 해야만 성공할 수 있는 일이라고 생각했다.

또 한 사람의 석방자는 마장면에 살고 있었는데, 그는 교회에서 보호하고 교화위원회에서 지원하고 있었다. 일자리를 얻어주기에 앞서 삶의 터전이 되는 집을 마련해주기로 했다. 경찰서장 관사 한 모퉁이에 서 있는 전나무 고사목을 베어 대들보와 서까래 등의 목재로 쓰도록 제재소가 협조해주었다. 관내에서 블록공장을 운영하는 태성기업이 블록과 시멘트를 지원했다. 마을 외곽에 있는 임야의 얼마간을 증여받아 집을 마련할 수 있었다. 교회 표 목사의 주선으로 신붓감을 골라 집의 낙성식이 있던 날 교화위원들과 마을 주민이 참석한 자리에서 결혼식을 올리게 되었다. 새롭게 세워지는 새 가정에 쓰일 세간살이도 기증되어 모두가 기뻐했다.

18. 치안은 교육이다

　　초가집도 없애고 마을 안길도 넓히고 오랫동안 가난했던 굴레를 벗고 잘살아보자는 새마을운동이 세차게 일어나고 있었다. 관내 기관장들은 '이천 기관장과 주민 대화'의 모임을 갖도록 합의를 보았다. 한 달에 한 번 군의 기관장들이 함께 지정된 면에 나가서 주민과 대화를 갖기로 한 것이다. 면 단위에서는 면장, 지서장, 학교 교장, 새마을 지도자와 부녀회장, 면내 이장 등이 참석하도록 했다. 군 기관장들이 소관업무와 현재 진행하고 있는 업무 내용을 보고하고, 면 참석자들은 질의를 하거나 건의사항을 말하도록 하는 것이었다. 처음에는 별다른 질의나 요청 사항이 없었으나 모임이 계속됨에 따라 여러 가지 요청이나 질의가 나오기 시작했다.

　　새마을 사업으로 시작한 소하천의 교량 사업을 하고 있는 마을에서 철근과 시멘트에 대한 정부의 지원이 부족하여 사업이 어렵다는 내용과 추가 지원을 요청하는 일이 있었다. 당시 군청에는 포괄 사업비가 있었는데, 절실하게 필요로 하는 곳에 그 예산을 집중적으로 지원하는 것이 포괄 사업비를 효율적으로 쓰는 것이라는 판단 하에 교량 건설 사업에 지출된 지원금이 부족하여 어려움이 있다는 마을에 충분히 할당해준 일이 있다. 주민과의 대화에서 건의하면 그것이 그대로 반영된다는 소문에 주민이 지원요청할 일을 준비하는 등 주민과의 대화는 활기를 띠어 갔다.

'이천 학생연수회', '이천 교화위원회', '이천 기관장과 주민 대화' 등의 중점 사업에 군내 기관장들과 함께 뛰다 보니 눈 깜짝할 사이에 1년의 세월이 지나고 말았다. 경찰에 투신하여 학교에서 학생들을 가르치는 일밖에 모르고 일선 경찰관서의 사정에 따른 경험도 없으니 곧 학교로 쫓겨올 것이라 염려했던 후배들의 걱정은 기우로 끝나게 되었다. 이천 서장으로 별로 부끄러운 일도 비난받을 일도 없이 무난히 서장 직무를 수행하고 의정부 서장으로 전임되었다.

의정부시는 서울 외곽 북쪽에 위치해 있다. 한미연합 사령부가 있고 동두천에는 주한미군의 주력인 미 2사단 사령부가 있다. 군수지원 사령부와 사단 사령부가 있는 군사적으로 중요한 요충지이기도 하다. 군사 기밀의 보호와 함께 군 작전을 돕는 중요한 역할이 일반적인 치안 업무에 더해지게 된다. 미군 부대에 의지하여 전국에서 모여든 일반 시민의 범죄도 중요한 내용이다. 모여든 주민의 지역별 갈등도 있게 마련이다. 특히 미군의 범죄와 그 수사의 공정성과 정당성이 요구되는 곳이다.

각 도의 도민회가 조직되어 있고 그 구성원들 간의 이해관계가 충돌해 주민 화합이 파괴될 수도 있다. 각 도민회 대회에 참석하여 치안 문제에 대한 협조를 당부하는 일 또한 중요한 치안 업무에 해당했다.

지금과는 달리 승용차가 흔하지 않았던 당시로서는 서울 시민이 멀리 지방으로 관광을 가기보다는 서울 주변에서 주말을 보내곤 하던 때였다. 의정부 관내의 송추 계곡이나 소요산 계곡이 쉽게 찾는 곳이었다. 이런 곳에서 장사를 하는 사람들이 자연경관을 해치거나 바가지요금을 받거나 식품의 위생관리를 제대로 하지 못하는 등의 문제가 생기게 된다. 특히 폭력배들이 상인을 갈취하고 휴식을 위해 찾아온 시민을 불안하게 하고 괴롭히는 일도 있었다. 상인들의 불법 행위와 폭력배들의 난동을 척결하는 일이 치안의 중요한 문제였다. 이러한 일은 강력한 단속만으로 성과를 거둘 수 없다. 상인들의 자발적인 참여를 유도하고, 폭력배의 난동에 대해서는 지속적으로 강력히 단속함으로써 대응하기로 했다. 상인들의 모임에 계속 참여했고 상인들과의 만남과 대화를 이어갔다. 물론 그들의 영업이 한 철 장사였기 때문에 바가지요금이나 자연 훼손 등이 충분히 개선되기는 어려웠으나, 불법 부당한 행위가 계속된다면 장사를 계속 할 수 없도록 하는 행정조치가 취해질 것이라는 자각을 유도하여 상인들 스스로 변화의 필요성을 인식하도록 했다. 그 후로도 이 일은 여전히 해결하기 어려운 문제로 남아 있다.

동두천에 주둔하는 미군 병사들을 상대하는 양부인들이 있다는 것도 여타의 도시와는 다른 특이한 것이다. 그들의 총회 모임을 갖는데 경찰서장을 초대했다. 회관에 가득 모인 여성들에게 강연을 하게 되었다.

"제 고향은 국도를 따라 원산 쪽으로 휴전선을 넘으면 지척지간인 평강 복계라는 곳입니다. 일본군의 야전 전투 훈련장이 있어서 규모가 큰 일본군 병사(兵舍)가 있었습니다. 일본의 패전으로 소련의 로스케들이 그 병사를 차지하고 주둔해 있었습니다. 만주와 북한 지역에 살던 일본인들이 이곳을 거치게 되었고 일본 여성들은 로스케들에게 강제로 성폭행을 당하게 되었습니다. 밤이면 소련 병사들이 마을에 나타났고, 요강, 세숫대야, 깡통 등을 설렁줄에 매달아 온 동네가 꽹과리를 치며 로스케들을 쫓아내야만 했습니다. 그러나 이웃의 몇몇 처녀들은 불행한 일을 피할 수 없었습니다. 비록 어렸을 때 들었지만, 그 집에서 흘러나오는 비통한 소리를 지금도 기억할 수 있습니다.

남한에도 해방 후 미군이 주둔하고 있었습니다. 그러나 이들은 우리나라 여성들을 강제로 성폭행하지는 않았습니다. 무척이나 어렵게 살 수밖에 없었던 그때 미군들을 상대하며 살아가는 여성들이 있었고, 우리는 이들을 고운 눈으로 보지 않았습니다. 그러나 이들이 아니었다면 우리나라의 여인들이 미군의 횡포와 위협을 받지 않고 살아갈 수 있었을까요? 지금 여러분이나 그분들은 우리나라 여성들을 지켜준 보호자의 역할을 하고 있고 부끄러운 직업여성이 아니라고 생각할 수 있습니다. 또 살아가는 방편으로 여러분이 이 직업에 종사하고 있지만, 남녀의 사랑에는 국경이 없는 법입니다. 한국 남성보다 좋은 외국인을 만나서 여러분의 삶이 당당한 것이 되도록 한다면 무엇이 잘못이라고 하겠습니까?

나는 경찰서장으로서 여러분이 살고 있는 이곳 기지촌의 치안 질서를 확립하는 데 최선을 다할 것입니다. 여러분을 쓸데없이 괴롭히는 일이 없도록 여러분의 요청이 있으면 언제든지 만나고 문제를 풀어가는 데 최선을 다할 것입니다. 여러분은 한국 여성들의 보호자라는 자부심을 가지고 굳세게 살아가시기 바랍니다."

이렇게 간곡하게 강연했지만, 그 후 서장직을 떠날 때까지 찾아와 도움을 청한 분은 없었다. 내 진정한 마음이 전달되지 않았던 것 같다.

의정부에는 생계를 찾아 각 지방에서 모여든 주민이 많았다. 조그마한 점포 하나도 마련할 수 없이 가난한 사람들이 다수였다. 자연히 밤이 되면 시내 한복판이나 시 외곽에 포장마차가 늘어서게 된다. 못된 폭력배들이 이 가난한 포장마차 장사꾼들로부터 금품을 빼앗고 폭력을 행사하고 있었다. 도시의 미관과 시민의 안전을 위하여 포장마차의 영업 행위를 금하고 있었지만, 단속한다고 해서 완전히 없어질 수는 없다고 생각했다. 나는 그 속에 있는 문제점을 최소화하기 위하여 노력은 하되 그들의 어려운 형편을 이해하고 보호해주어야 한다고 믿었다. 일개 경찰서장의 입장에서 독단할 수 없다는 것을 알고는 있으나, 단속만이 능사는 아니라는 것이 당시 나의 생각이었다. 그들의 대표자들과 포장마차 영업인들을 모아 계속하여 대화를 했다.

"가족의 생계를 위해 눈보라, 비바람 속의 길거리에서 포장마차 영업을 하고 싶은 사람은 없을 것입니다. 조그마한 점포라도 하나 있었으면 하고 바랄 것입니다. 그러나 사정이 여의치 않아 그럴 수 없는 것이 여러분의 사정일 것입니다. 시청이나 경찰서에서도 여러분의 딱한 사정은 이해하나 도시 미관이나 치안 질서가 문란해지는 것을 방관할 수는 없습니다.

나는 이곳 경찰서장으로서 여러분께 간곡한 부탁을 드리고자 합니다. 비록 포장마차 장사지만 열심히 하셔서 돈 많이 버시기를 바랍니다. 어렵게 번 돈 낭비하지 말고 알뜰히 모아 작은 점포라도 하나 마련하여 지금의 고생을 오래도록 하지 않도록 희망과 꿈을 가지시기 바랍니다. 나는 순찰을 하면서 여러분이 살아가기 위해 고생하는 모습을 보고 지난날 내가 거리를 떠돌며 겪었던 고생을 회상하곤 합니다.

중학교 4학년 때 6.25 사변이 일어나서 학도병으로 군에 입대했고 제대했습니다. 학교에 복교하는 것이 꿈이었으나 가족의 생계 때문에 그 희망을 접고 동대문시장, 광장시장 앞길에서 사과 궤짝 하나 놓고 1년간 소주와 약주 대포장사를 1년간 하며 알뜰하게 노력해서 복교하고 대학에도 들어가게 되었습니다. 단속 경찰의 눈을 피하여 이리저리 쫓겨 다니기도 했고, 인정사정없는 경찰의 단속에 대폿잔이 거리에 흩어지는 수모도 경험했습니다.

소년가장으로 집안 생활을 책임졌으니 포기하지 않고 열심히 장사하여 그 어려운 처지를 벗어나야겠다는 꿈을 버리지 않았습니다. 낮에는 모범적인 고등학생이었고 밤에는 대포장사꾼이었습니다. 거의 1년 반이나 그런 생활을 하면서도 담배 피운 적 없고 술을 입에 대지도 않았습니다. 대포장사 하면서 알뜰히 저축한 돈으로 대학에도 들어갔습니다. 그 후 경찰에 투신하여 오늘 여러분과 이렇게 만날 수도 있게 되었습니다. 저의 자랑스럽지 못한 일을 장황하게 말씀드리는 것을 경청해주셔서 감사하게 생각합니다. 보잘것없는 지난날 겪었던 일을 말씀드리는 것은 아무리 생활이 어렵고 힘들어도 희망과 꿈을 가지고 힘쓰고 노력한다면 반드시 성공할 수 있다는 말씀을 드리기 위한 것입니다.

여러분에게 몇 가지 부탁의 말씀을 드립니다. 포장마차 영업을 앞으로 오래 하지 마시고 작은 점포라도 하나 마련하시기를 바랍니다. 또 음식은 시민의 건강과 관계가 있는 것이니 특히 위생 문제에 관심을 갖도록 하십시오. 범죄와 관계되는 치안 문제는 저희 경찰과 잘 협조해주실 것을 아울러 부탁드립니다. 장사를 열심히 잘하세요. 그리고 성공하시기 바랍니다. 경찰은 늘 여러분의 편에 있을 겁니다. 이곳에 오시지 못한 동업자들에게도 제 말씀을 전해주실 것과 앞으로 경찰 업무에 적극 협조해주실 것을 부탁드립니다."

관내인 동두천에는 미 2사단 사령부가 있다. 특별히 미군 군사기밀을 얻으려는 북한 공작원이 위장 취업하는 일과 활동은 국가안보와 직결된다. 또 그곳에 취업해 있는 한인 노동자들의 범죄행위 등을 예방하고 수사하기 위해 경찰관이 파견되어 있었다. 내가 부임하기 전, 출입문을 지키는 미군 헌병에 의해 우리 파견 경찰관의 출입이 금지되었고 그 조치가 해제되지 않고 있다는 것이었다. 그래서 미 헌병대장을 경찰서에 초청했다.

"한국 경찰을 귀 부대에 파견한 것은 경찰서장과 헌병대장의 합의 하에 이루어진 것입니다. 파견 경찰관이 그 본연의 임무를 성실하게 수행하지 않고 부당하거나 부정하게 처리했다면 미 헌병대로서는 출입금지의 조치를 취할 수 있습니다. 그러나 그러한 조치는 합리적인 절차를 거쳐야 합니다. 경찰서장에게 파견 경찰관의 비위 사실을 통보하고 응분의 처벌을 요구할 수도 있고 다른 수사관의 파견을 요청할 수도 있습니다. 하지만 이러한 절차를 밟지도 않고 무조건 출입을 금지한 것은 잘못된 일입니다. 미군은 전쟁에 승리하여 점령군으로 한국에 주둔하고 있는 것이 아닙니다. 양국의 국가 이익을 위하여 한국에 와 있는 것입니다."

이러한 양국의 국가이익을 위하여 우리는 서로 존중되어야 할 것으로 생각했다. 헌병대장의 사과를 받고 나 역시 경찰관의 비위 사실에 대하여 사과했다. 앞으로 파견 경찰관의 선발과 교양을 강화하여 성실하게 근무시키겠다고 약속했다. 이후 헌병대장 브리지 중령과의 협조는 잘 이루어졌다.

19. 돌아온 선물

　추석이 가까워졌다. 관내 기관장들과 유지들이 떡값이라고 봉투 하나씩을 들고 왔다. 과장들과 지·파출소장들도 그러했다. 미 2사단 브리지 중령도 양주와 PX의 커피를 들고 찾아왔다. 그 당시에는 이런 일들이 관행으로 받아들여졌고 미 PX에서 흘러나오는 양주와 커피 등은 귀한 것으로 여겨지고 있었다. 지난날 경찰종합학교와 경찰전문학교에서 15년 동안 경위에서 경정까지 근무하는 동안 명절이라고 떡값 한 번 받아본 적이 없었고 사과 한 상자, 갈비 한 세트 받아본 적이 없었다. 경찰교육기관은 그러한 곳이었고 아마도 그해 추석 때도 그럴 것이라 생각했다. 생각지도 못했던 돈 봉투가 들어오고 양주와 커피도 생기니 학교가 생각나 학교에 찾아가보기로 했다. 떠난 지 2년이나 되는 학교로 선물보따리를 들고 차를 몰고 기분 좋게 당도했다.

　학장실을 노크했는데 학장님은 5.16 후 군에서 경찰에 오신 분으로 같이 근무한 적도 없고 얼굴 한 번 대해보지 못한, 이름이나 알고 있었던가, 전혀 알지 못하는 사이였다.

"제가 학교에 오래 있었지만 명절에 사과 한 상자 선물로 받아본 적이 없었습니다. 현재 의정부 경찰서장으로 근무하고 있는데, 얼마간의 선물이 들어왔습니다. 지난날의 학교 생각이 나서 보잘것없지만 조금 가져왔습니다" 하며 돈 봉투와 양주와 커피봉지를 내놓았다.

"지금은 예전과 달리 학교가 그리 어렵지 않네. 성의는 고마우나 받지 않아도 좋으니 가지고 돌아가게."

냉정한 거절을 당하여 무안하고 부끄러운 생각에 쫓기듯 그 자리를 빠져나왔다. 학교에 있는 동안 상사들로부터 격려의 봉투도 받아보았고 가벼운 선물도 받아보았으나 내가 윗분에게 선물과 봉투를 올려본 일은 한 번도 없었고 이번이 처음이었는데, 그것이 거절당하니 민망하고 부끄러운 생각뿐이었다. 다른 사람들은 선물이 아니라 뇌물도 잘 바친다는데, 뇌물도 아닌 선물도 제대로 전하지 못하니 내 재간 없음이 한심했다.

학교를 나와 그때 인천에 있던 경찰국으로 차를 몰았다. 다른 서장들도 명절에 국장님께 떡값 봉투를 드린다는 얘기를 들은 적이 있었다. 나라고 예외일 수 있겠는가? 나도 관내에서 받았으니 '로마'의 법대로 하는 것이 잘못이겠는가? 그러나 국장님은 외출 중이셨고 관사에 사모님도 계시지 않았다. 할 수 없이 관사의 방에 있는 탁자 위에 예의 봉투를 놓아두고 서로 돌아왔다. 그날 저녁에 집에서 전화가 걸려왔다. 오늘 국장님 관사에 갖다놓았던 봉투를 돌려드린다고 부속실 직원이 다녀갔다는 것이다. 역시 직속상사인 국장님에게도 상납이 허락되지 않은 것이다. 이렇게 두 번이나 거절을 당하고 보니 씁쓸한 생각이 들었으나 그것이 그렇게 부끄럽기만 한 일이겠는가? 생각을 달리하기로 했다.

그날 저녁 경찰서에서 업무보조를 하는 청소부, 교환원, 타자수 등

고용원들을 총동원해 정육점 식당으로 안내했다.

"내가 서장 경험이 부족하여 추석 명절이 되었는데도 아무 선물도 준비하지 못했다. 그 대신 그동안 여러분의 노고에 감사하는 마음으로 이 자리를 마련했다. 그동안 서장과 서먹했던 일은 모두 잊어버리고 불고기와 술을 실컷 먹고 마시고 노래하고 춤도 추면서 신나게 오늘 밤을 즐기도록 하자."

제대로 잘 부르지도 못하는 노래를 자청하여 선창하고 나니 흥이 오른 자리에서는 노래방 잔치가 벌어졌다. 얼마 되지 않는 돈봉투 때문에 두 번씩이나 부끄러웠는데 왜 그것을 가지고 부끄러움을 당하는가? 왜 일찍이 이런 자리를 생각하지 못했는가? 로마에 왔으니 로마의 법에 따른다는 것이 서툴러 무안을 당했으나, 모두가 즐겁고 고마운 마음으로 춤추고 노래하는 또 다른 로마의 법을 발견했으니 그날 밤은 정말로 행복한 밤이었다. 이렇게 즐거운 밤이 지나고 황해도민회 잔치에 초청되었다.

사람들은 다 고향이 있습니다. 같은 우리말이라도 지방마다 그 강약과 길고 짧음이 다릅니다. 같은 단어라도 변형되어 사투리가 됩니다. 저는 열세 살까지 강원도의 복계라는 곳에서 자랐습니다. 해방 후 월남하여 서울에서 중학교부터 대학까지 나오고 경찰직에 투신하여 오늘에 이르렀습니다. 근 50년 가까이 서울에서 살았지만 내 말 속에는 강원도 특유의 억양이 있고, 주의하지 않으면 거침없이 고향 사투리가 튀어나옵니다. 여러분도 이런 경험을 하면서 살아오셨으리라 믿습니다. 같은 김장 김치를 담가도 각 도의 특미가 있

고 그 맛이 같지 않습니다. 상을 당하여 모자를 써도 그 형태가 조금
씩은 다른 것 같습니다. 말하는 것, 먹는 음식, 살아가는 모양새가
다른 것은 그곳의 산과 들과 시내 등에 의하여 영향을 받은 것이라
여겨집니다. 고향을 떠나 의정부라는 타향에 살고 있지만, 고향에서
따르던 익숙하던 삶의 모습을 잊거나 버릴 수 없고 그리워지는 것입
니다. 여러분도 떠난 고향을 잊을 수 없어 지난날을 되돌아보며 황
해도민회 잔치를 마련하고 이곳에 함께 모이신 줄 압니다.

20. 밤하늘 예찬론

"밝은 달 아래 펼쳐진 밤하늘은 아름답습니다. 밤하늘에는 수많은 별들이 있어서 아름답습니다. 밤하늘에는 큰 별도 있고 깜박깜박 작은 별들도 있습니다. 밝은 빛으로 빛나는 별도 있고 보일락말락 희미한 별들도 있습니다. 앞으로 나란히 하여 줄을 맞춰 세워놓지 않고 모든 별들이 제 마음대로 흩어져 살고 있습니다. 제각기의 자리를 잡고 있으나 그런대로 그 속에는 질서가 있습니다. 그래서 밤하늘은 아름답습니다. 자기의 빛이 밝다고 하여 희미한 빛의 별을 업신여기지 않습니다. 자기의 몸이 다른 작은 별보다 크다고 하여 작은 별을 업신여기지 않습니다. 제각기 자기의 자리를 지키고 살아가는 별들이 질서를 지키지 않는다고 '앞으로 나란히' 하여 강제로 줄을 세우지도 않습니다. 밤하늘이 아름다운 것은 이러한 별들이 있기 때문입니다.

의정부에는 밤하늘의 별들처럼 여러 가지 모습을 가진 한국 여러 지방의 별들이 함께 모여 사는 곳입니다. 서로 다른 지방의 별들을 시기하지도 미워하지도 않고 살아가는 의정부의 밤하늘이 되어야 합니다.

큰 것은 큰 대로 작은 것은 작은 대로 서로 돕고 살아가는 밤하늘의 별이 되어야 합니다. 황해도의 빛나는 별은 희미한 별들에게 빛을 보태주어야 합니다. 더욱 크고 더 밝은 별들이 언뜻 보아 무질서한 듯하나 제자리를 지키고 있는 별들을 자기 마음대로 고쳐 세우려 하지 않고 함께 조화를 이루며 사는 것처럼 의정부의 밤하늘을 밝히는 황해도민의 별들이 되었으면 합니다.

오늘 황해도 도민회 잔치에 초대해주시고 되지도 않는 말을 끝까지 경청해주신 도민 여러분께 감사드립니다. 경찰서장으로 이곳에 있는 한 도민 여러분의 하시는 일을 힘껏 도울 것을 약속합니다. 이곳에서 하시는 일이 잘되어나가고 크게 발전하시기를 바랍니다. 감사합니다."

도민회에서 예의 밤하늘 예찬론을 한 자리 하고 막걸리 한 사발에 흡족하여 서에 돌아오니 서울시경 면허과장으로 전임되었다는 전통이 기다리고 있었다.

그 당시 서울시경 자동차 운전면허시험장의 비리와 부정이 크게 보도되고 있었다. 총경 6년의 고참이고 두 곳 지방서장의 경력도 있으니 서울 시내 서장으로 영전될 것이라고 기대하고 있었는데, 과장 중에서도 제일 말석인 면허과장이라니 섭섭한 생각이었다. 그래도 힘써 일할 자리가 주어졌으니 다행한 일로 생각하며 서울시경으로 입성했다. 지금은 여러 곳에 지역별 면허시험장이 운영되고 있으나, 그 당시에는 면허과장 산하에 한남동과 대치동 두 곳의 면허시험장이 있었을 뿐이다. 직원들과 고용직 여직원들이 참석한 강당에서 과장 부임식이 있었다.

21. 면허과장 부임사

　"사람들은 어렵고 가난하게 살기보다 넉넉하고 여유 있게 살고자 합니다. 고생하며 살지 않고 편안하게 부자로 살고자 합니다. 그런데 경찰은 여유롭고 편안하게 살 만한 보수를 받지 못하고 있습니다. 가족이 살아갈 만한 최소한의 생계비에도 못 미치는 박봉 생활을 해야 합니다. 국가가 주는 정상적인 보수가 아닌 부정과 뇌물 등의 부수입으로 생활비의 자구행위가 끊기지 않고 있습니다. 우리의 상사들이 새로 임명되어 오면 늘 하는 소리가 있습니다. '부정과 부패를 발본색원하겠다', '뇌물 주고받는 행위를 척결하겠다', '감찰을 강화하겠다' 등입니다. 그러나 그런 경고와 으름장에도 불구하고 우리 공직사회에서는 부정부패가 과거부터 현재까지 끊이지 않고 있습니다.

　나는 오늘 과장으로 부임하면서 그러한 경고를 하지 않겠습니다. 과장의 이런 부임사가 밖으로 새나가면 아마도 과장직을 계속 유지할 수 없으리라고 알고 있습니다. 시경 산하의 많은 직원들이 이곳 면허과에서 근무하기를 바란다는 말을 밖에서 들었습니다. 원하지 않았는데 이곳에 오게 된 직원들은 별로 없는 것으로 압니다. 이곳 근무를 희망하여 인사 청탁을 했을 것입니다. 이곳 근무가 시경 다른 부서보다 쉬운 편에 속하기 때문이라 여겨집니다. 강력범 단속이나 다중범죄 진압 등 위험부담이 적고 문서처리가 대부분의 근무 내용입니다. 그러나 많은 직원들이 면허과 근무를 지망하는 것은 이런 이유 때문만은 아니라고 알고 있습니다. 부수입을 얻을 수도 있고 그 크기가 비교적 많다고 알려져 있기 때문입니다. 이런 까닭으로 이곳 근무를 희망한다고 알고 있습니다.

여러분이 이런 희망을 가지고 이곳에 왔다면 그 희망이 이루어지기를 바랍니다. 더 많은 수입을 올릴 수 있도록 노력하시기 바랍니다. 과장은 여러분이 더욱 넉넉한 살림을 할 수 있고 잘살 수 있기를 바라고 있습니다. 부정과 부패한 일을 하지 말라고 강조하고 엄단한다고 여러분이 그런 일을 하지 않으리라 믿지 않습니다. 다만 일을 깊이 생각하고 신중히 행동해줄 몇 가지 조건을 당부 드리고 싶습니다.

우리는 모두 경찰관입니다. 경찰조직에 속하는 구성원입니다. 어떤 일을 하든지 우리가 속한 경찰조직에 부끄러운 일이나 큰 피해를 주어서는 안 되는 것입니다. 시민의 비난과 비판이 경찰을 욕되게 하며 언론 등 보도기관에서 면허부정에 대한 비판기사가 대대적으로 보도되는 일만은 없도록 해야 할 것입니다. 다음 몇 가지 일을 지켜주시기 바랍니다.

- 부수입을 위한 행위는 제삼자 없이 두 사람만이 있는 자리에서 현금으로 받아야 합니다. 모두 아시다시피 수표 등이 오가면 후에 문제가 되었을 때 증거가 되기 마련입니다.

- 면허과 주변을 맴도는 브로커들과 거래하는 일을 가급적 피해야 합니다. 그들은 자신들이 행한 일을 날짜, 액수, 성명 등으로 일기장에 기록한다고 들었습니다. 그들이 조사를 받게 되면 그 모든 것이 드러나기 때문에 경찰이 그동안 큰 곤욕을 치르게 됩니다.

- 부수입을 올리게 된 행위는 공직의 생명을 담보로 하는 것입니다. 불로소득도 공짜도 아닙니다. 그런 돈을 오락이나 사치한 생활에 낭비해서는 안 됩니다. 얼마간의 부수입이 있는 날은 어디에도 들르지 말고 집으로 직행하여 아내를 기쁘게 해주어야 합니다. 그 수입이 앞으로 경찰생활을 하는 동안 부정한 행위를 하지 않아도 될 밑천이 되도록 해야 합니다.

나는 경찰간부 후보생 13기로 경찰관이 되었습니다. 다른 동기생들이 치안국과 시경에 배치되었으나, 나만이 예지대의 교관요원으로 근무하게 되었습니다. 경위로부터 총경까지 진급도 학교에 있으면서 했습니다. 17년 동안 사과 한 상자, 갈비 반 짝, 케이크 한 상자 받아보지 못했습니다. 그러나 어디에서 근무하든지 부수입은 있었습니다. 모교인 연세대 정치학과와 서강대 산업문제연구소에서 '공산주의 비판'이라는 강의에 초청되어 강사료를 받았고 기타 여러 사회단체에도 출강했습니다. 매달 경찰고시에 원고를 기고한 것도 수입원이 되었습니다. 연세대에서 강의한 내용을 정리하여 《사회주의, 공산주의》라는 책을 발간하여 인세와 책 판매대금으로 연기군, 현 세종시 전의면에 비록 경사도 30도 내외의 악산이지만 임야 5만 평을 사들여 밤나무, 오동나무, 사과나무 약

2,500그루를 심었습니다.

주말과 여름휴가 동안 바닷가나 명산대천 휴양지에 가는 대신 산에 내려가 나무를 베고 구덩이를 파고 풀을 베었습니다. 임야 5만 평의 산주가 되었으니 이제 나는 가난하지 않고 부자가 되었다고 자부했습니다. 몇 푼 되지 않는 경찰고시 원고료가 부자의 씨앗이 되었습니다. 눈사람을 만들기 위해서는 둥근 돌에 눈을 단단히 뭉칩니다. 그것은 별것 아닌 눈덩이에 불과합니다. 그러나 그것을 눈밭에서 서서히 굴리면 눈사람의 머리통이 되고 몸통이 됩니다. 솔잎과 숯덩이로 눈과 코, 입을 박으면 눈사람이 완성됩니다. 천 원은 별로 큰돈이 아니지만 천 장이 모이면 백만 원의 거금이 됩니다. 워즈워스(W. Wordsworth, 1770-1850)라는 시인이 다음과 같은 시구를 썼습니다, '어린이는 어른의 아버지(The child is father of the man)'. 어린아이에서 어른이 태어납니다. 천 원은 백만 원의 아버지입니다. 적은 돈을 아끼고 모아서 여러분의 꿈을 이루어가도록 힘써주시기 바랍니다.

면허 업무를 담당하는 여직원들은 고등학교를 갓 나왔거나 대학을 중퇴한 아가씨들이라고 알고 있습니다. 젊음의 아름다운 꿈을 꾸고 있을 것입니다. 여러분이 꾸는 꿈이 상냥하고 아름다운 미소로 친절한 민원처리를 할 수 있게 하고 민원인들에게 기쁨을 줍니다. 그것은 곧 우리 경찰을 크게 돕고 있는 것입니다. 여러분이 일하고 있는 면허과가 즐겁고 기쁜 직장이 되도록 과장은 힘써 돕겠습니다. 출근하기가 기다려지는 일터는 얼마나 부러운 직장이겠습니까? 이런 면허과가 되도록 여러분을 위한 특별한 프로그램을 만들어볼 것입니다. 여러분은 모두 나의 딸들입니다. 이곳에 근무하는 동안 나는 여러분을 돕고 여러분은 나를 도와 즐겁고 기쁜 마음으로 일할 수 있는 면허과를 만들도록 힘을 합쳐 보십시다."

부임식은 박수로 끝났다. 면허과의 업무 파악과 일을 시작했다. 이곳에서 나는 무슨 일을 할 것인가? 면허 업무에 종사하는 백여 명의 여직원들이 기쁘고 즐겁게 일할 수 있는 일터를 만드는 것이 우선되어야 한다. 그것이 민원인들에게 친절한 봉사를 가능하게 하는 길이라 생각했기 때문이다. 어여쁜 이 여직원들에게 근무시간 외에 할 수 있고 하고 싶은 동아리 모임을 만들어주기로 했다. 일과 후 자유롭게 선택한 합창반, 서예반, 꽃꽂이반, 독서반, 에어로빅댄스반 등 다섯 개 모임을 지원하기로 했다. 자유로이 조직되었고 전혀 강제가 아니었지만, 70%에 가까운 여직원들이 동아리 모임에 참여했다.

민원인들로 낮 동안 북적이던 강당에서는 발랄한 에어로빅 체조가 진행되었다. 합창단의 맑은 노랫소리가 면허과에 울려 퍼지고, 비록 신문지 위에 쓰였지만 서예반의 은은한 묵향이 사무실에 가득했다. 독서반에서는 각자 흥미 있고 재미있게 읽었던 책들을 나누어 읽었고 책의 내용을 서로 말하며 토론했다. 좋아하는 시를 돌려가며 낭송하는 소리가 퍼졌다. 아름다운 꽃들을 고르고 다듬어서 꽃꽂이를 하는 표정에는 웃음이 떠날 줄 몰랐다. 이들이 즐겁고 기쁘게 느끼는 환한 얼굴을 돌아보며 이러한 동아리 모임을 만든 것이 잘한 일이었구나 하는 느낌에 행복했다. 이들의 즐겁고 기쁜 마음들이 민원인들에게 봉사하는 태도로 돌아갔으면 얼마나 좋을까?

여름부터 시작한 동아리 활동의 성과는 연말 송년회 행사를 성대하게 장식하게 되었다. 서예반은 비록 습작이었지만 간단한 표구를 만들어서 면허과 현관 입구부터 복도를 지나 사무실의 벽을 장식했다. 꽃꽂이반의 작품들 역시 사무실과 복도 여기저기 진열되어 향기를 내뿜고 있었다. 독서반은 《해림》이라는 작품집을 만들어 직원들과 민원인들에게 증정했고, 전 직원이 모인 송년회 모임이 있던 강당에서는 합창반의 노래와 직원들의 박수소리가 가득했다. 1981년 한 해는 다른 어떤 해보다도 즐거운 한 해가 아니었을까? 나 또한 그 어느 해보다 즐겁게 일했고 보람차게 보냈다. 학교에서의 고집통이 어떻게 면허과의 근무를 해낼까 염려해주었던 후배들의 걱정이 기우가 된 한 해였다.

늘 하던 대로 하루에도 몇 차례 민원실 여기저기를 살피며 돌아보고 있었다. "무엇을 도와드릴까요?" 이런 표어가 드리워 있는 적성검사 담당창구에서 무엇인가를 도와달라는 민원인과 담당 여직원의 안 된다는 대화내용을 들었다. 무엇을 도와달라는 것이고, 안 된다는 내용은 또 무엇인가? 운전면허를 딴 후 일정한 기간이 지나면 적성검사를 받게 되어 있다. 그 기간 안에 적성검사를 받지 않으면 면허취소 처분을 받게 되어 있다. 그 민원인은 기간이 초과되어 면허가 취소되었는데 그것을 봐달라는 것이었고 담당 여직원은 규정상 그럴 수 없다는 것이었다.

담당계장과 창구 여직원을 불러서 문제의 일을 놓고 대책을 논의했으나, 민원인의 처지는 딱하지만 구제될 수 없다는 결론뿐이었다. 그러나 이러한 일이 다시 일어나지 않게 어떤 조치가 있어야 한다고 생각했다. 나도 그렇지만 운전면허를 가진 사람 중에 자기의 적성검사일을 제대로 알고 있는 사람이 얼마나 되겠는가? 적성검사일 10~15일 전에 개인별로 적성 검사일을 알려주는 것이 옳다고 생각했다. "무엇을 도와드

릴까요?" 도움을 청해오면 그 일에 대하여 도와주는 것이 봉사의 자세라고들 알고 있다. 그러나 도움을 청해오기 전에 도움을 줄 수 있는 일이 있으면 먼저 돕는 것이 참된 봉사의 길이라는 생각이었다. "도울 수 있는 일이면 도움을 청하기 전에 도와야 한다." 이러한 행정적 조치가 봉사 내용으로 바뀌어야 한다고 여겼다.

그러나 컴퓨터가 일반화되기 전의 일이었다. 면허 소지자의 적성검사일을 일일이 찾아서 개인별로 그 날짜 이전에 통보해주는 일에는 많은 인력이 필요하고 그 업무가 복잡하여 하기 어렵다는 것이 담당 직원들의 반론이었다. 인력이 더 필요하면 보충하면 되고, 복잡해도 참다운 봉사로 해야 할 일은 해야 한다. 시청 경리과의 지원으로 직원을 보충하여 '적성검사일 사전 예고'를 할 수 있었고, 그 후 이 일은 전국 경찰국 면허과에서 실시하게 되었다. "민원인의 요청이 없어도 도움이 되는 일이면 도움을 주는 것이 봉사"라는 새로운 봉사의 원칙이 옳다고 믿게 되었다.

면허과장 부임 후 처음 3개월 동안 구내식당에서 냉면으로 점심을 때웠다. 과장이 냉면 좋아한다는 소문이 퍼졌다. 점심대접을 하겠다고 찾아온 직원은 근처에 있는 냉면 잘한다고 소문난 집으로 안내했다. 다음 석 달 동안은 특별메뉴로 만들어주는 구내식당의 칼국수로 점심을 때웠다. 그다음 3개월은 수제비로 바꿔 때웠다. 이렇게 거의 일 년 가까이 점심시간마다 구내식당의 신세를 지고 지냈다. 동굴에서 쑥과 마늘 먹기를 끝까지 지킨 곰은 인간으로 환생하여 우리들 할아버지를 맞아 조상 할머니가 되었다는 말처럼 그 당시의 상황으로 보아 면허과장이었던 내가 경무관으로 승진할 수 있었던 것은 구내식당의 '쑥' 덕이 아니었던가 생각한다. 그 당시 일부 경찰간부들 사이에서는 내 승진을 놓고 이런저런 말들이 있었다고 들었다.

"전석린도 인사 청탁을 하고 다녔다. 그렇지 않고서야 면허과장의 보직에서 어떻게 경무관으로 승진될 수 있었겠는가?"

이런 말들에 대해 이번 기회에 그 얘기가 잘못되었다는 것을 밝히고자 한다.

V

남영동
대공수사단장

22. 강압수사와 순화수사

1985년 전후한 시기에 학생들의 시위와 좌경적 진보그룹의 반체제적이고 반정부적인 저항운동이 점차 격화되고 있었다. 간첩수사에서 하던 수사의 역할을 간첩수사와 대공수사로 양분하여 치안본부에 대공부의 편제를 I, II, III부로 분리했다. 그 III부가 대공수사단이었다. 경무관 승진 후, 보통 1년 내외에 그치던 경찰대학 교수부장 보직을 4년 반이나 근무하고 나서 새로 분리된 대공수사단장으로 전임하게 되었다.

공산주의 관계 이데올로기를 공부하면서도 남영동의 업무와 연행되어온 학생들과 좌경지도급 인사들과 만나 토론할 기회가 없었는데, 그곳 수사단장으로 발령받은 일은 평소에 바라던 일로서 큰 기쁨이었다. 이제 한 번 제대로 해보자! 이런 생각이었다.

수사단에 부임하여 직원들을 만나보고 수사실을 순시하며 수사실 내부를 살필 수 있었다. 수사관들의 수사방법과 그동안에 있었던 수사 형식과 내용도 들을 수 있었다. 남영동의 대공분실은 그동안 '강압수사'에 의하여 인권침해 등이 있었다는 것이 TV나 보도기관에 의해 알려졌다. K, XX의 고문사건이 있었다는 보도를 그곳 단장으로 부임하기 전에 알고 있었다. 남영동 분실은 시민 사이에는 극히 악명 높은 수사기관으로 알려졌던 곳이다.

단 내부를 순시하고, 직원들과의 대화를 통해 알게 된 수사단의 실상은 외부에 알려진 것과는 달리 '순화수사(醇化搜査)' 기관으로 수사활동을 하고 있다는 것을 알게 되었다. 단의 고급수사 간부들에 의한 가혹행위가 지상에 보도되면서 악명이 높아졌으나, 대부분의 수사에서는 피의자들에 대한 수사가 강압적인 것이 아닌 설득과 토론을 통한 순화적인 것이었다.

수사관들은 독립된 수사실에서 수사가 끝날 때까지 피의자와 침식을 같이하고 있었다. 혐의가 가볍고 토론과정을 거친 후 잘못을 뉘우치고 반성문을 제출하면 가정이나 학교에 돌아갈 수 있었다. 연행된 대부분의 피의 학생들은 그러했고, 끝까지 의식된 내용을 고집하는 학생들은 검찰에 송치되었다. 이들 학생의 기록도 볼 수 있었다. 조사받은 학생들은 검찰에 송치되거나 집으로 돌아가면 그만이었으나, 수사관들은 그들과 함께 조사가 끝날 때까지 같은 조사실에서 근무해야 했고, 조사가 끝난 다음에 다시 조사할 학생이 연행되면 출입이 통제된 방에서 똑같은 생활을 계속해야 했다.

수사관들은 반성문을 쓰고 환한 얼굴로 집에 돌아가는 피의 학생을 보면 기뻐했고 검찰에 이송되는 학생들을 보면 가슴 아팠다고 말하고 있었다. 이들이 어찌 가혹수사 경찰관으로 비난받아야 하는가? 지난날 선배 수사요원들이 저질렀던 가혹행위의 연장선상에서 가혹수사 경찰이라는 오명을 쓰고 있다고 생각했다.

해방 후 공산주의자들은 좌익과 우익의 대립 속에서 살인, 방화, 폭동, 투쟁 등 수단과 방법을 가리지 않고 혁명적 목적을 달성하기 위해 광분했다. 자유·민족진영의 경찰조직과 요원들은 공산주의자들의 만행을 막기 위해 공산주의자들의 불법적인 난동에 맞서 역시 불법적인 수사로 대응하게 되었고, 이것이 '강압수사'의 수단이자 내용으로 자리잡게 되었으며, 불법적인 수사 관행이 시작된 것으로 알고 있었다. 공산주의자들의 불법적인 투쟁을 불법적인 수사방법으로 대응한 경찰의 그것 역시 잘못된 것이며 정당하다고 볼 수 없으나 불가피한 일이었다는 것이 나의 생각이었다.

그 후 한국전쟁, 무장공비 등 다수의 간첩 침투와 한국의 정치, 경제, 사회의 혼란을 남한적화의 수단으로 한 북한의 도발은 계속되었고 한국 내부에서 종북적 성향을 가진 소수 인사들이 북한의 기도에 동조하는 불행한 일들이 발생했으며, 대공수사의 형태가 순화적인 것으로 개선되지 못하고 계속 되풀이되었던 것으로 알고 있었다.

그러나 이제 우리는 인권을 보장하는 민주화를 지향하고 있다. 어느 정도 경제적인 발전과 사회적인 안정도 이루었다. 좌경적 인사나 의식화된 학생의 종북적 경향은 있으나 그것이 우리의 안보와 자유민주주의 국가의 기저를 흔들 만큼 큰 위협이라고는 생각하지 않는다. 이러한 투쟁과 도전을 합리적으로 살피며 부당하지 않은 정당한 방법으로 대응할 수 있는 힘을 갖게 되었다고 판단했다. 불법적인 대응이 아닌 합법적인 조치로 맞설 수 있다고 믿었다. 대공수사경찰을 강압 경찰수사가 아닌 순화 경찰수사로 바꿔야 한다는 것이 그때의 내 생각이었다. 이것을 나는 '지성경찰수사'라고 규정하고 있었다.

우리나라의 안보를 해치며 모든 법률에 위반되는 행위는 범죄가 된다. 법에 위반되는 부당한 행위, 불합리한 행위, 불법한 행위는 모두 범죄라고 볼 수 있다.

이러한 범죄를 수사하는 경찰이 부당하며 불합리하고 불법적인 방법으로 범죄에 대응한다면 역시 범죄자가 되며, 불법한 범죄집단이 될 수밖에 없다. 범죄를 척결하기 위한 경찰의 강압수사가 하나의 관행으로 묵인되던 시대는 지났다. 강압수사는 어느 특정 범죄를 수사하는 데는 도움이 될 수 있다. 그러나 경찰수사가 강압수사의 길에서 떠나야 한다고 믿었다. 경찰수사의 방법과 내용을 바꾸는 일을 내 수사단에서 시작하고, '지성경찰'의 요람이 되자고 생각했다.

수사단장으로 부임하여 직원들을 열심히 교양했고, 그들의 수사활동을 격려하고 지원했다. 내 기억으로는 그 당시 직원들의 노력으로 수배 학생들을 다수 체포했다고 알고 있었다. 그러나 윗분들은 그렇게 만족하지 못한 것 같았다. 강민창 본부장(전 경찰청장)이 단의 조회에 참석하여 수배자 검거가 지지부진하다고 지적하며 단원들 앞에서 단장인 나를 부끄러울 만큼 호되게 꾸짖었다. 대개 이러한 힐책이 있으면 단장은 나중에 직원들만의 모임에서 직원들을 꾸짖으며 수배 학생 체포에 전력을 다하라고 독려하는 것이 당시 경찰 내부의 분위기였다. 그러나 나는 아니었다.

"대한민국은 지난날 침투해온 많은 간첩들을 체포하고 여러 차례에 걸친 무장공비들의 침투를 막아낸 바 있다. 오늘날 의식화된 좌경 학생들의 도전을 순화적 수사로 바꾸어 노력해온 여러분, 대공수사요원들에 의해 치안이 유지되고 있는 강한 나라다. 또 우리는 지성수사경찰의 요람으로 새 경찰수사의 길을 개척해가고자 한다. 수배 학생 몇 명 체포하지 못했다고 쓰러질 나라가 아니다. 수배 학생 몇 명 체포하지 못했다고 쓰러질 나라라면 그런 나라는 지킬 가치도 없다고 생각한다. 수배 학생 몇 명 더 체포하기보다 지성경찰수사의 수사방법과 내용을 창조하고 실천하는 일이 더 중요하다고 본다. 누가 뭐라고 하든지 강압수사가 아닌 순화수사가 우리 수사단이 나아갈 길임을 강조하고 싶다."

23. 중단된 한국사상문제연구소

해방 이후 계속되어온 공산주의자들에 의한 폭동, 간첩사건, 공비 토벌사건, 좌경인사들의 난동 등 구체적인 내용을 수집하고 정리하는 것은 대공경찰수사기관인 우리 단에서 해야 할 일이라고 믿었다.

그 당시 수사단에 근무하던 수사관들은 연행되어온 학생들을 조사하는 과정에서 단편적으로 알게 된 의식이론은 있되, 체계적인 의식이론을 충분히 정리하지 못한 부족한 점이 있었다. 급한 대로 공산주의의 기본적 이론, 주체사상에 관한 종합적 내용을 교양하는 것이 앞서야 한다고 판단했다. 학생들이 반체제의식 과정을 거치는 것과 같이 '대공의식과정'을 만들어야겠다고 생각했다. 매주 있는 단원들 모임인 조회에서 교양강좌를 갖기로 했다. 마르크스의 《공산당 선언》과 엥겔스의 《공산주의 원리에 관한 문답》, 그리고 김정일이 1982년 북한 사회주의학자의 모임에 제출한 〈주체사상에 대하여〉라는 논문을 알려주기로 하고, 《공산당 선언》부터 강의를 시작했다.

그러나 이러한 조치는 그때까지 수사에서 근무하던 직원들을 '한국

사상연구소'에서 훈련받은 수사관들로 점차 교체해가야 한다는 계획으로 대체되어 그 준비를 시작하고 있었다.

1980년대 초부터 점차 스스로를 '주사파'로 자칭한 학생들과 좌경적 성향 인사들의 반체제 및 반정부적 시위와 난동은 날로 격화되고 있었다. 전두환 전 대통령이 그때 대학의 저명한 교수들을 청와대에 초청하여 이들 좌경 인사들과 학생들을 설득해줄 것을 요청했으나, 이들은 그 일에 적극적으로 나서지 않았다고 한다. 각자 자신의 전공 분야에서는 권위 있는 교수였지만, 이데올로기나 의식화에 관한 학문 분야는 여전히 생소한 것이었다. 자기 전공 분야에서 권위 있는 지위를 누리고 있는데 굳이 시간과 노력을 들여 학생들 설득에 나서기를 주저했기 때문이다. 또 비록 설득에 나섰다고 하더라도 학생들을 순화시킬 수 있었겠는가 하는 것도 의문시되었다. 그 모임에 참석했던 교수들이 적극적으로 참여하지 않았다는 말을 그 모임에 초청되었던 한 교수로부터 직접 들었다.

'왜 그 모임에 나를 초청하지 않았을까?' 하는 아쉬운 생각이 들었다. 경찰대학을 나온 우수한 경찰간부들을 선발하여 한국사상연구소를 만들고, 의식화된 반체제 학생들과 거의 같은 나이 또래의 경찰간부들로 하여금 경찰이 추구하는 목표인 순화활동을 전개하는 것이 최선의 방법이라고 여기고 있었던 때였다.

공산주의의 고전과 주체사상에 관한 서적, 의식화 과정에서 사용하는 서적, 의식화된 학생들의 그간의 활동실태 등을 중심으로 하는 '대공의식화 과정'에서 교육받고 훈련된 젊은 경찰간부들을 그 분야에 투입하는 계획안을 준비하던 때이기도 했다.

그러던 중 전혀 예상하지 못한 불행한 일이 내가 직접 지휘하고 있는 수사단에서 발생했다. 있을 수도 없고 있어서도 안 될 불행한 일이었다. 더구나 새로운 순화수사경찰의 선도자가 되겠다고 다짐하며 근무하던 때였기에 무어라 말할 수 없을 만큼 부끄러운 일이 되었다. 연행되어 조사를 받던 박종철 군을 치사케 한 것이다. 이로 인해 대공수사단을 지성수사경찰의 모체로 재조직하고 한국 경찰의 모범 수사기관으로 거듭나게 할 것이라는 꿈은 사라지고 말았다. 젊은 꿈을 가꾸고 공부하던 '꿈의 꽃'을 꺾었으니 큰 죄를 짓게 된 것이다.

　　나는 평소에 '책임질 일은 피하지 않고 책임을 진다'는 생각을 가지고 근무하고 있었다. 이 일은 내가 지휘감독의 책임을 져야 하는 일이었다. 보고를 받는 자리에서 사표를 써서 제출하고 본부장에게 불행한 일을 보고했다. 박 군의 가족을 불러 장례식을 치르고 박 군을 치사케 한 조한경 경위와 직원들을 만나 퇴임의 인사를 나누었다. 여기에서 그 사건과 수사관 조 군에 대하여 한마디 하고 싶다. 수사관 조한경 군은 내가 단장으로 부임하기 전부터 연행된 많은 학생들을 조사해온 베테랑 수사관이었다. 부임하여 알고 보니, 그간 수많은 사건을 처리했지만 잘못이 없었던 유능한 수사요원이었다. 그의 그동안의 전력으로 본다면 그 상황에서 왜 그런 무리를 했는지, 그때나 지금이나 이해되지 않는다. 인간은 누구나 '잘못'의 수렁에 빠질 수 있음을 알게 되었다.

　　제출한 사표는 수리되지 않고 직위해제가 되었다는 통보를 받았다. 씻을 수 없는 죄를 지었으니 근신하고 또 근신하며 사죄해야 한다고 믿고, 맡겨진 책임을 제대로 처리하지 못하여 경찰조직에 누를 끼친 죄인으로 자책하며 지내기로 했다. 박 군에 대해서도 역시 어떤 변명도 있을 수 없는 죄인이었다. 얼마간 연기군 전의면에 있는 산원(山園)에 내려가 지내기로 했다.

새벽부터 해지는 저녁까지 산원의 나무를 베어내고 풀을 깎아 밤나무 밑에 깔아주고 오동나무의 곁가지가 되는 순을 따주며 산을 맴돌았다. 직위해제 후 3개월 안에 복직이 안 되면 자연 면직이 되는데, 다행히도 복직이 되었다. 특별히 맡아야 하는 일도 없는 보좌관 자리를 지키고 있었다. 그때 박 군 사건의 축소조작으로 내 아래 계장, 과장, 위의 차장과 본부장이 함께 조사를 받다가 모두 구속되어 재판을 받고 교도소에 수감되었다. 수사단장인 나만 무혐의로 풀려나 경무관 계급정년으로 27년간의 경찰생활을 마감하게 되었다.

이로써 경찰은 국민의 종이며 파수꾼임을 자임하고 신뢰와 존경을 받는 경찰이 되겠다고 거듭 다짐하며 꿈꿔온 27년의 경찰생활을 마감했다. 광복 이후부터 계속되어온 공산주의자들의 만행을 정리해보겠다는 계획과 경찰의 강압수사 관행을 벗어나 순화수사의 길을 열겠다는 꿈도 사라졌다. 한국사상연구소를 위한 준비도 중단되었다. 짧은 5개월 동안 수사단장으로 학생들과 대화하고 토론하고 그것을 위해 준비했던 몇 가지 내용을 다음 장에서 간단히 적어보고자 한다.

VI

농군으로
살어리랏다

24. 계은과수원(계춘이와 은숙이의 과수원)

스무 살 젊었을 때부터 마르크스와 엥겔스를 잡고 이론적인 씨름을 해왔다. 그 연구가 어느 정도 진척되었으니 대학에 나가 강의를 하면 얼마나 좋을까 생각도 해보았다. 그러나 그 당시 악명 높았던 대공수사단의 단장을 지냈으니 나에게 강의를 줄 대학은 없을 터였다.

55세의 젊은 나이에 경무관으로 경찰에서 퇴임하고 나니 무엇을 하며 여생을 보낼 수 있을지 막막하기만 했다. 27년간 경찰에 몸담고 있는 동안 경찰전문학교, 경찰종합학교, 경찰대학 등에서 강의를 담당했다. 직업은 경찰이었으나 한 일은 교관과 교수로 교육에 종사했다. 모교인 연세대학교 정치학과에서 14년 동안 시간강사로 지냈다. 서강대학교 산업문제연구소, 내무부 지방 연수원, 노총 중앙교육원, 산별노조 자체 연수교육, 종교 성직자 연수회, 자유 아카데미, 교사 연수회 등에서도 이데올로기 강의를 담당했다. 그러니 기업경영에 참여하거나 어떤 특별한 생산기술을 터득한 바도 없었다. 새로운 기업을 창업할 자본도 경륜도 없었다. 아는 것이라곤 오직 마르크스뿐이었다.

대공수사단장으로 제대로 직원을 지휘하고 감독하지 못하여 경찰 조직에 씻을 수 없는 상처를 안겼으니 치안감 승진은 꿈도 꿀 수 없었고, 경무관 계급정년 또한 얼마 남지 않아 새로운 보직을 받을 수도 없었다. 아무리 찾아보아도 할 일이 없었다. 참으로 막막하고 답답한 나날을 보내고 있었다. 그러던 어느 날 모 일간지에 실린 고려조 동양의 석학 최충(崔冲) 선생의 〈시좌객(示座客)〉이라는 한시를 의역한 것을 접하게 되었다.

> 공연스레 벼슬길에 불려나와
> 문서 속에 파묻혀 청춘이 갔네
> 앵두 익고 죽순 피는 시절은 가고
> 근화며 석류꽃도 또한 곱구나
> 병든 몸이 벗이 와도 마실 수 없어
> 꾀꼬리 노래 들으며 홀로 졸고 있네
> 이만큼 좋은 때도 다시없으리
> 서둘러 꽃을 찾아 취해보자

　　앵두 익고 죽순 피는 봄은 흘러갔다. 내 인생의 봄도 훌쩍 지나갔다. 몸은 병들고 체력은 떨어지고 늙어갈 수밖에 없다. 젊은 날 호기롭던 벗들도 함께 늙어간다. 한심하고 측은한 모습이다. 그러나 최충 선생은 그러지 않았다. 이만큼 좋은 때가 다시 있을까? 털고 일어나 서둘러 꽃을 찾아 나선다. 뻐꾸기 소리를 들을 수 있으니 귀가 멀지도 않았다. 귀도 들리고 나는 살아있다. 툇마루에서 졸고 있는 것이 처량하지도 않다. 사람이 졸고 있다는 것은 살아있다는 증거다. 산 사람만이 누릴 수 있는 특권이다. 죽은 사람은 졸지 못한다. 그런데 나는 졸고 있으니 살아있다. 지금은 앞으로 죽게 될 어느 날보다 축복받은 것이다. 이 축복에 감사하며 내 여생에 구하며 살아갈 '꽃'을 찾아 나서자!

세상에는 여러 꽃이 있다. 권력의 꽃을 찾기도 하고, 명예의 꽃, 부자의 꽃을 찾기도 한다. 올림픽 금메달의 꽃, 일류 가수가 되는 인기의 꽃도 있다. 장관이나 국회의원이 되는 꽃도 있다. 그런데 내가 찾아 나설 꽃은 이런 꽃이 아니다. 나를 낳아주고 입혀주고 먹을 것을 주어 오늘의 나를 있게 한 자연, 흙으로 돌아가자! 자연과 흙의 꽃을 찾아 나서자! '농군의 꽃'이 내 꽃이다.

사람을 미워하지 않고 못살게 굴지도 않는다. 앞뒤나 옆사람의 눈치를 보지 않아도 된다. 남의 것을 탐하여 빼앗지도 않는다. 내 몸 움직여 땀 흘려 일해 얻는 것들을 아끼며 살아가는 농사꾼이 되기로 했다. 농사꾼은 많거나 적거나 사람들의 입과 배를 즐겁게 해주는 먹을거리를 생산할 수 있다. 이보다 더 귀한 꽃이 어디 있을까? 지난날 왜 일찍이 이런 진리를 깨닫지 못했던가?

무슨 농사를 지을 것인가. 여기저기 책을 찾아보고 공부를 했다. 벼나 고추도 좋지만, 우리나라 사람들이 좋아하는 사과 과수원을 조원하기로 했다. 지난날 대표적인 사과 품종이었던 국광이나 홍옥은 새로 나온 부사에 밀리고 있었다. 맛이나 저장성에서 부사가 앞서 있다고 보고 부사 과수원을 조원하기로 했다. 일 년에 몇 차례 찾아오는 태풍이나 홍수의 피해를 비교적 적게 받는 곳을 찾아다녔다. 한반도에서 대구는 내륙지역에 속한다. 대구에서 내륙을 좇아 북상하면 충주에 닿는다. 충주에 내 과수원의 짐을 풀어놓고 뿌리를 내리기로 했다.

적보산은 충주에서 18km, 수안보에서 승용차로 7분 거리에 있다. 예천과 상주로 통하는 4차선 도로의 바로 남쪽이다. 큰 산의 품 안에 10개가 넘는 작은 산봉우리들을 안고 있다. 과수원의 서쪽과 남쪽에는 높은 산이 없으니 아침에 해가 뜨면 다른 곳보다 햇빛을 오래 받을 수 있다. 중앙경찰학교에서 계속 사격을 하고 있어 주변에 등산로가 없고, 사람들도 이 부근으로는 등산을 자제한다. 과수원 주위에 오염원도 없으며 인재가 없는 편이다. 야생동물의 피해도 비교적 적다. 적보산 높은 봉이 과수원의 남쪽에 솟아 있으니 폭우나 태풍을 막아주어 그 피해를 모른다. 우거진 나무들이 많은 물을 머금었다가 서서히 과수원으로 흘려보내니, 관수시설까지 다 갖추었으나 그 이전부터도 물 걱정은 크게 하지 않아도 된다.

서울에서 부동산 열기가 일어 살던 집을 팔고 일 년이 멀다하며 이사하는 부동산 열풍 속에서도 오류동의 변두리 궁동에서 50년을 살았다. 내 손으로 터를 닦고 블록을 쌓고 문틀을 세우고 기와를 얹어 지은 집이다. 젓가락만 한 향나무 가지를 삽목했는데, 내 키를 넘긴 지 이미 오래다. 연세대학교 정치학과에서 강의한 내용을 정리하여 1972년도에 출판한 《사회주의, 공산주의》의 인세와 책값이 100만 원이나 되었다. 그 돈으로 지금은 세종시가 된 전의면에 거의 30도 내외의 악산 임야를 평당 19원 50전씩 주고 5만 평을 사들였다. 토요일 일과가 끝나면 아내와 아이들을 데리고 그곳에 내려가 잡목들을 베어내고 풀을 깎아 밤나무와 오동나무를 심었다.

일요일이라고 집에서 TV를 보거나 낮잠을 자는 일도 없었고, 공무원들에게 주어지는 휴가를 즐기기 위해 바닷가나 관광지를 찾는 일도 나에게는 사치였다. 사시사철 언제나 할 일이 나를 기다리고 있었다. 산의 8부 능선까지 개간해서 밤나무와 오동나무를 1,000주씩이나 심고 가꾸고 있었다. 농촌의 젊은이들은 도시로 나가고 인건비는 계속 오름세였다. 경사가 심한 악산이어서 농기계 사용도 어려웠다. 1972년에 100만 원을 주고 산 산원이 그때 돈 2억 8천만 원에 팔렸다. 서울 집과 산원을 판 돈을 가지고 기계영농이 가능한 과수원 자리를 찾아서 충북의 여러 곳을 돌아다녔다. 중앙경찰학교에 특강을 나왔다가 학교장의 소개로 지금의 과수원에 터를 잡았다.

잡목과 돌덩이들이 무더기로 있는 임야였으나 대형 불도저와 포클레인을 들이대어 나무뿌리를 캐고 돌무더기를 낮은 곳으로 밀어내는 작업을 하여 농기계 사용에 불편이 없는 과수원 터를 만들었다. 한 줄의 길이는 250m, 각 줄에는 40주의 사과나무를 심었는데 긴 줄이 15줄이고 짧은 줄이 섞여 있다. 나무와 나무 사이의 폭은 7m로 하여 총 708주의 사과나무가 심겨져 있다. 남의 손 빌리지 않고 소형 포클레인만 한 대 빌려 내 손으로 묘목들을 심었다. 과수원을 조원한다고 고교동창회에도 한번 못 나갔다.

"너 충주에서 무슨 사업 한다는데 직원들 몇이나 데리고 있나?"

"그럭저럭 시작했는데 한 7백 명가량 되지."

"너 경찰 하면서 어떻게 그렇게 큰 공장 할 돈을 만들 수 있었나?"

"한 번 내 공장 구경할 겸 충주에 내려와라."

연세대 4학년 때 아내는 숙명여대 1학년이었다. 전쟁고아와 무작정 상경한 고아들과 고아 아닌 고아들이 구두통을 하나씩 메고 미군 PX(지금 명동 신세계백화점 주변)에 모여들고 있었다. 이들을 선도한다고 권응팔 순경에 의해 남산직업소년학교(현 리라초등학교 자리)가 운영되고 있었다. 당시 서울대, 연세대, 고려대, 이화여대, 숙명여대의 재학생들이 아무런 보수 없이 권 교장을 돕고 있었다. 그곳에서 아내를 만나 알게 되고 사랑하여 부부가 되어 살아왔다. 내가 어렸을 때 집에서 부르던 이름이 계춘(桂春)이었다. 아내 이름은 은숙(恩淑)이다. 함께 가정을 꾸미고 살면서 재산을 모으는 이재에는 별로 재간이 없었기에 넉넉한 경제생활은 못했으나, 근면하고 성실했기에 이만한 과수원을 마련하게 된 것이다. 계춘이와 은숙이가 함께하여 만든 과수원이니 '계은과수원'이라 부르기로 했다.

25. 요정 포모나와 만나다

　이즈음 그리스-로마신화를 열심히 읽고 있었다. 과수원의 요정 '포모나'를 그곳에서 알게 되었다. 그녀는 권력이나 지배욕 같은 것은 물론 남신(男神)들과 사귀며 사랑하는 일에도 관심이 없었다. 아침부터 저녁까지 전지가위와 전지톱을 허리에 차고 과수원의 나무 하나하나를 살피며 도는 것이 그녀의 하루 일과의 전부였다. 나무의 균을 소독하고 벌레를 잡고 죽은 가지를 잘라내고 나무를 보살피는 것이 그녀의 기쁨이었다. 착하고 부지런하며 건강하고 아름다운 그녀를 이웃에 사는 많은 남신들이 에워싸고 구애했으나 그녀의 관심은 오직 과수원에 있을 뿐이었다. 푸른 풀밭과 과일나무에 매달린 싱싱한 과일을 스치며 불어오는 맑은 바람을 한껏 들이마시며 그것으로 그녀는 만족해했다. 밝은 햇빛 아래 맑은 물이 흘러가고 개울물에 발을 담그고 쉬는 행복한 생활이 이어졌다.

　베르툼누스는 요정 포모나를 가장 사랑했던 남신이었다. 그의 사랑 역시 포모나에게 외면당하고 있었다. 그는 남신들 중에서도 변장술이 가장 뛰어났다. 늙은 노파로 변신하여 집안일에 쓰는 잡화를 머리에 이고 포모나를 찾아가 이런저런 말을 하다가 어떤 마을에 있었던 슬픈 사랑 이야기를 들려주었다.

　가난하고 별 볼일 없는 집에 홀어머니를 모시고 사는 이피스라는 청년이 있었다. 동리의 공회당에서 있었던 모임에서 그 지방에서 제일가는 부자이며 명문가의 딸인 아낙사레테라는 처녀를 보게 되었다. 그녀는 그곳 최고의 미녀였다. 이피스는 그녀를 한 번 보고는 곧 사랑에 빠지고 말았고 사랑의 글을 썼고, 산과 들에 핀 향기롭고 아름다운 꽃으로 꽃다발을 만들어 매일 아침 그녀의 집을 찾았으나 아낙사레테는 그를 만나주지 않았다. 상사병은 점점 깊어갔고 끝내 이피스는 세상을 떠나고 말았다.

　외아들을 상사병으로 떠나보내게 된 그의 홀어머니는 아들의 시신을 따라갔다. 그녀의 통곡소리와 장례를 뒤따르는 많은 사람들로 거리는 소란스러웠다. 마침 장례행렬이 아낙사레테의 집 앞을 지나게 되었다. 바깥의 소란에 창문을 열고 장례행렬을 보는 순간 아낙사레테는 차디찬 돌이 되고 말았다. 비록 가난했지만 한 젊은이의 티 없이 맑은 사랑을 거절하여 이피스를 죽음으로 이끈 그녀의 매정함을 미워한 남신들이 한 짓이었다.

　"포모나, 나는 당신을 사랑합니다. 나의 지극한 사랑을 거절하지는 않겠지요. 나의 사랑을 받아주십시오."

　늙은 노파가 아닌 베르툼누스의 모습으로 돌아온 그의 구애를 받아들여 두 사람은 맺어졌고 이웃의 신들과 요정들의 부러움을 사게 되었다. 포모나는 베르툼누스와 함께 지극한 사랑으로 행복하게 살게 된다.

그러나 그녀의 과수원 사랑에는 변함이 없었으며, 오늘날까지도 과수원의 요정으로 기억되고 있다.

계은과수원을 조원하면서 포모나처럼 과수원을 하자. 고된 일 싫다 말고 전지가위와 톱을 들고 과수원 나무 하나하나 살피며 돌아보자. 계은과수원에 포모나를 초대하여 포모나의 계은과수원을 만들자! 베르툼누스와 포모나처럼 계춘이와 은숙이도 사랑하며 살아가자!

나는 일간지 신문을 보지 않는다. 세상일은 너무 많이 알아도 병이다. 특히 그 일에 아무런 힘도 보탤 수 없으니 속만 상할 뿐이다. 가능한 한 세상일일랑 덮어두고 그럴 시간이 있으면 과수원을 한 바퀴 더 돌아보자.

동창회 등 친구들의 모임에 나가지 않는다. 고등학교, 대학 동문회, 경찰간부 후보생 모임에 나가지 않기로 했다. 그동안 경동고등학교 졸업 50주년 모임에 한 번 참석한 것이 전부였다. 이러다 보니 내 동정이 궁금했던 친구 몇이 과수원에 찾아왔다. 나무 그늘에서 낮잠이나 자는 줄 알고 왔는데 흙먼지 뒤집어쓰고 땀범벅이 되어 과수원을 누비고 다니는 걸 보더니 한마디 한다.

"이 자식 미쳤구나. 몇백 년 산다고 이 야단이냐?"

"몇백 년은 모르겠으나 한 백 년은 살지 않겠냐. 사람이 죽을 때도 시간이 필요한데, 나는 지금 죽을 때 쓸 시간도 없다. 죽음에 나눠줄 시간이 없단 말이다."

핸드폰을 갖지 않는다. 인터넷을 배우지 않는다. 핸드폰 들고 과수원에 나가면 전화가 걸려와 일하는 시간을 뺏기게 된다. 연락할 일이 있다면 저녁에 집전화로 연락하면 될 것이다. 옛날에는 다 그렇게 살아오지 않았는가. 사과를 따서 창고에 넣어두고 인터넷으로 주문받으면 조금 좋은 값으로 팔 수도 있다. 주문받고 택배로 보내고자 하면 거기에 많은 시간을 뺏기게 된다. 사과농사 1등으로 잘 지어 당도 높고 향기 나고 착색 좋은 사과는 공판장에서 좋은 값을 받을 수 있어 판매에 어려움은 없을 것이다. 세상이 변하여 과수원 경영에도 많은 것들이 변하고 있다 하나 그런대로 지금도 나는 내가 해온 그대로 행하여 큰 어려움을 모르고 있다.

과수원에 제초제를 쓰지 않는다. 예전에 농사를 짓던 사람들은 풀을 매거나 낫으로 풀을 베었다. 일할 인력이 넉넉했고 인건비가 쌌기 때문에 가능했다. 그러나 사정이 많이 달라졌다. 엽록소를 말라죽게 하는 제초제가 나와서 농사에 쓰이게 되었다. 제초제를 쓰면 과수원의 풀은 쉽게 없앨 수 있다. 그러나 흙에서 나온 풀을 깎아서 흙 위에 덮어주는 것만 못할 것이다. 지난 20여 년간 과수원을 하면서 흙에서 온 것은 다시 흙으로 보낸다는 생각으로 제초제를 한 번도 사용하지 않았다.

과수원 농사를 시작하면서 제초기와 예초기로 풀을 베기로 했다. 만 평이나 되는 과수원의 풀을 일 년에 다섯 번씩 깎았다. 예초기의 칼날은 약 40cm 내외인데 그 칼날로 만 평이나 되는 풀밭을 일 년에 다섯 번씩 깎았으니 1년에 5만 평 깎은 셈이고, 20년을 계속 그리 해왔으니 100만 평을 깎은 셈이 된다. 인부를 사서 깎은 것이 아니고 내가 직접 했으니 조금은 자랑스러운 마음이 생긴다. 500리터 용량의 농약살포용 SS기를 사용하여 1년에 10회 살포했는데, 매 살포 시마다 20차를 사용했다. 1월 1일부터 시작해 엄동설한 내내 3월 말까지는 사과나무 전지와 전정을 남의 손 빌리지 않고 직접 하는 즐거움과 행복에 취해 살아왔다. 가을 추수 때가 되면 나무 아래에 아주머니들이 따놓은 사과 3~4천 상자를 운반차에 실어 창고에 입고하는 것도 나의 몫이었다. 몸이 건강했기에 이런 일을 겁 없이 했으나 그렇게 무리한 일을 한 결과 과로가 나의 건강을 많이 해쳤음을 뒤늦게 알게 되었다.

그리고 상 욕심을 내지 않는다. 포모나라도 된 듯 과수원 일을 하다 보니 충북원협에서 가을에 열리는 사과축제에 사과를 출품해보라는 정길영 과장의 권고가 여러 차례 있었지만, 나는 응하지 않았다. 상을 받지는 않았지만 어찌된 일인지 예천, 상주, 안동 지역에서까지 개인 또는 단체로 과수원 견학을 오시는 분들이 간혹 계셨다. 멀리서 가까이에서 별것도 아닌 과수원을 견학한다고 오신 분들과 같이 과수원을 돌아보며 안내하는 것이 옳다고 믿어 시간을 빼앗긴 적이 있었다. 하물며 증산왕이라는 상을 받으면 더 많은 사람들이 찾아올 것이고, 내가 일할 시간은 그만큼 더 빼앗기게 될 것이다. 공판장에서 좋은 평가를 받고 좋은 값을 받았으면 상은 이미 받은 것이다. 이미 상을 받았는데 또 무슨 상을 받겠는가. 쓸데없는 상을 탐할 필요가 어디 있겠는가. 그래서 상은 받지 않는다.

많은 사람들과 어울리지 말자. 서울의 집을 팔고 정리하여 온 가족이 주민증을 옮기고 과수원 안에 서울 집보다 더 크고 튼튼한 2층집을 지어 이사를 했다. 충주가 고향이어서 귀향하거나 귀농한 것이 아니라 이곳에는 아무런 연고도 없다. 처음 1년간 동네 사람들과 만나기 위해 마을회의, 효도관광 등에 참여했으나 그 이후에는 그런 행사에 참여하지 않고 있다. 이곳에 20여 년간 살면서 승용차로 7분 거리에 있는 수안보에는 거의 매일같이 나가고 있다. 아침부터 저녁까지 땀 흘려 일하고 온천장에 나가 피로를 풀고자 함이다. 그러나 수안보에도 알고 지내는 사람은 하이스파 온천장, 오리음식점, 두메나 산골 보신탕집뿐이다. 집에서 충주까지는 20분 거리밖에 되지 않으나 그곳에서 만나 알게 된 곳도 세 곳 정도다. 농약과 자재를 사기 위해 원협에 들르고, 농기계 부품을 구입하기 위해 충주 농기계에 들른다. 서울의 유명한 중국 음식점 못지않은 중국요릿집 대려성(구 평화루)에 자주 들른다. 그러나 볼 일 다 보고 나면 한눈팔지 않고 곧바로 과수원에 돌아온다. 하다 말고 나갔거나 할 일이 있으면 그곳에서 서성거리며 시간을 보내기가 아깝기 때문이다.

무슨 재미로 그렇게 사는가 묻는 사람도 있다. 생활을 즐기며 살 수도 있지 않은가 말하기도 한다. 물론 세상 살아가는 사람들의 행복은 다 같은 것이 아니다. 나는 경찰직에 있었을 때나 농군으로 농사일을 하는 때나 게으르지 않고 부지런하게 일을 찾아 하면서 그 속에서 행복해하는 특이한 체질의 사람인 것 같다. 포모나의 과수원을 하기에 알맞게 태어난 농사꾼으로 여생을 살아가고자 한다.

26. 계은과수원 – 적보산 높은 벌

흰 눈 잦아들고 봄비 속삭인다

민들레 노란 꽃이 비단 이불 깔았구나

벌 나비 날아드니 봄기운이 완연하다

하얀 사과꽃이 가지마다 가득하다

날고 드는 뻐꾸기 소리 사과 알을 달았구나

적보산 시원한 바람 흐르는 땀 식혀주네

비바람 따가운 햇살 사과 알 물들인다

나무마다 붉은 등불 밝기도 하도할사

올해도 풍년 되라 사랑하는 나무들아

함박눈 흰 이불로 과수원을 덮었구나

여름내 힘들었지 편히 쉬어라 나무들아

봄바람 불어오면 잠에서 깨어나라

적보산은 중앙경찰학교 뒤에 높이 솟아 있는 산이다. 큰 산의 품 안에 10개가 넘는 작은 봉우리들이 안겨 있다. 옛적에 산신령들이 각 지역을 나누어 지배하던 때의 일이다. 적보산 산신령은 소백산에 본부를 둔 우두머리 산신령의 지배하에 있었다. 그런데 적보산 산신령은 농민들이 수확한 식량을 그 품 안에 쌓아두기만 하고 농민들에게 나누어주지를 않았다. 타작마당마다 쌓아놓은 노적가리가 해마다 늘어만 갔다. 이에 불만을 품은 농민들이 소백산 본부의 산신령에게 몰려가서 탄원서를 제출하고 식량을 나눠달라고 청원을 했다. 즉각 적보산 산신령은 본부로 불려가 농민들에게 식량을 나눠주라는 명을 받았다. 그런데 이런 명을 받은 적보산 산신령은 그 명령에 따를 수 없다는 것이었다.

"먼 훗날 내 산 밑에는 이 나라 만백성의 생명과 재산을 지켜줄 파수꾼들이 모이게 될 겁니다. 지금부터 그들이 먹을 식량을 비축해두지 않으면 안 됩니다. 그래서 지금 12개의 노적가리에 식량을 채우고 있는데, 거의 다 채워지고 있습니다. 그다음에 농민들에게 식량을 나누어주려고 계획하고 있습니다. 그동안의 제 조치를 헤아려주십시오."

농민들은 그 말을 옳게 여겨 모두 돌아갔고, 12개의 노적가리는 12개의 크고 작은 봉우리가 되어 적보산을 아름다운 산으로 만들었다. 이러한 이 지역 민간설화대로 이 나라의 치안역군인 파수꾼들을 훈련하고 교육하는 중앙경찰학교가 세워지게 되었으니, 적보산 산신령은 멀리 앞을 내다보는 혜안이 있었던 것 같다. 나도 적보산이 좋아 열두 봉우리 아래 넓게 펼쳐진 높은 벌에 사과 과수원을 개원할 수 있었으니 한없이 행복한 마음이다.

계은과수원은 중앙경찰학교의 서쪽과 북쪽에 쳐진 가시철망을 경계로 하고 있다. 적보산 중턱에 짙은 구름이 드리우고 촉촉한 안개를 머금은 봄비가 골짜기마다 잦아진 눈을 녹이며 내린다. 엄동설한을 내몰고 봄 기운이 기지개를 켠다. 눈 속에 잠자던 풀들이 다투어 새싹을 움트게 한다. 처음 과수원을 하면서 우리의 들과 산에 너무나도 많은 풀과 꽃이 있다는 것을 알고 놀랐다. 이들에 대하여 대부분의 사람들은 아는 것이 별로 없다. 식물학자들도 아름답고 잘 알려진 또는 희귀한 꽃이나 풀에 대해 관심을 가질 뿐 이들보다 몇십 배 몇백 배나 많은 잡초들에 대한 연구는 미루고 있지 않나 생각해본다. 바위와 돌 사이, 보도블록 사이에 뿌리를 박고 있는 이름 없는 꽃과 풀이 너무나 많다. 아무리 작은 돌 틈이라도 조금의 흙이 있고 수분이 있으면 그곳에 뿌리를 내리고 커가는 꽃과 풀은 나에게 대단한 감동을 안겨주었다.

27. 잡초와 민초

어떤 열악한 조건에서도 살아남을 수 있는 강한 생명력을 지니고 있는 존재가 잡초들이다. 장미꽃이나 모란꽃처럼 아름답지는 않지만 잡초들의 생명력은 그 어느 것과도 비교할 수 없다. 조금의 흙이 있고 물이 있으면 뿌리를 내리고 자란다. 하늘 아래 땅 위에 살아가도록 잡초와 함께 우리를 만들어준 자연의 참뜻을 헤아려보았으면 하는 생각을 갖게 된다. 잡초가 있기에 아름다운 모든 꽃들이 어울려 피어날 수 있는 것이다. 민초들은 별 볼일 없는 존재로 여겨졌지만 그들의 삶이 사회와 국가를 이루는 모체이며 역사를 만들어 이어가는 주체라는 것을 과수원의 잡초들을 보며 깨닫게 되었다.

국가에는 장군이나 영웅도 있고 권세를 잡는 지배자도 있다. 또 이들 밑에서 힘없이 살아온 많은 민초들이 있다. 지난날 아무 뜻과 생각도 없는 백성을 일컬어 '민초'라 했다. 그러나 이들 민초도 나름대로의 생각과 뜻을 가지고 살아왔다. 조금의 흙과 물과 햇빛이 있으면 그곳에 뿌리를 박고 싹을 틔워 씨를 만들고 그 풀의 종자를 세상에 퍼지게 하겠다는 꿈들이 있었다. 민초들도 한 가지 생각은 하고 있었다. 온갖 멸시와 학대 속에서도 어떻게 살아갈지를 생각했으며, 종족을 보존하여 역사의 표면으로 드러나지는 않더라도 실제로 역사의 참된 주체로 살아가는 것이었다. 잡초와 민초는 같은 모습으로 살아왔다.

잡초들은 아름답고 향기로운 꽃이 아니다. 그러나 아름다운 정원을 지켜가는 역할을 한다. 민초들 역시 큰 권력을 행사하거나 지배자가 되고자 하지는 않는다. 그러나 잡초나 민초는 자연을 지키고 사회와 역사를 지키며 이어가게 하는 주체가 된다. 잡초가 없는 자연은 있을 수 없고, 민초 없는 사회와 국가도 존재할 수 없다.

우리가 생각하는 것과 달리 잡초는 여러 가지 일을 한다. 여름에 비가 많이 오면 과수원 안에 물길을 내면서 흘러간다. 기름진 겉흙은 모두 씻겨 내려간다. 잡초들은 비가 와도 모두 흘려보내지 않고 물을 머금어 가두는 보수(保水)의 역할을 한다. 잡초의 뿌리는 땅속 깊이 내려 있다. 뿌리가 뻗어 들어간 만큼 뿌리를 따라 공기와 물이 따라 들어간다. 그래서 풀 밑의 흙은 보슬보슬하게 살아있게 마련이다. 사람이 다니는 풀 없는 길은 단단하게 굳어 있다. 그곳에 씨를 뿌릴 수는 없는 노릇이다.

풀이 없는 자연은 생각할 수 없다. 바람에 날리는 모래바람을 어찌할 것인가? 해마다 우리나라에 날아오는 황사를 생각하면 된다. 중국이나 몽골에서 날아오는 모래바람은 그곳에 풀과 나무가 자라지 못하는 사막이 있기 때문이다. 그뿐만이 아니다. 만일 풀이 없다면 많은 초식동물들이 살아갈 수 없다. 초식동물들을 먹이로 하는 육식동물들 역시 살 수 없다. 이렇게 보면 풀은 자연의 모든 것들을 살아가게 하는 고마운 존재라고 생각한다. 사람들이 그 고마운 것을 알지 못할 뿐이다.

옛 농부들은 풀을 낫으로 깎았다. 그래서 많은 인력과 노동력이 필요했다. 사람들은 제초제라는 화학약품을 만들어 낫 대신에 풀을 깎는 일을 맡기게 되었다. 푸른 엽록소를 말려 죽이는 약제다. 그러나 그렇게 뿌려진 제초제는 잡초의 엽록소를 말려 죽이고, 나무 주위에 자라난 풀들을 깎아 그것으로 나무 주변을 덮어주는 것만 못하다. 자연에서 생겨난 것은 자연으로 돌려보내야 한다.

봄이 끌고 온 잡초들과 과수원을 덮고 피었던 민들레가 지고 나면 쑥, 클로버, 질경이 등이 풀밭의 주인으로 자리 잡는다. 곱게 다듬어진 청라언덕이 아니라 마구 자란 잡초 풀밭이 된다. 낫이나 인력으로 과수원의 풀을 깎기에는 만 평이나 되는 내 과수원은 너무나 넓다. 제초제를 뿌리면 쉽고 빠르게 제초를 할 수 있다. 그러나 처음부터 제초제는 사용하지 않기로 했다. 자주(自走) 제초기와 예초기로 풀 깎는 일을 시작했다. 1년에 5만 평이니 20년간 깎은 면적은 100만 평, 예초기의 칼날 길이가 40cm 내외이니 100만 평을 깎는 데 닳아 없어진 칼날은 전부 얼마나 되었을까?

사람들은 라일락이나 장미의 향기를 좋아한다. 옆에만 다가서도 코를 찌르는 강한 향기를 맡을 수 있다. 그러나 잡초들은 아무 향기도 내뿜지 않는다. 풀은 그 줄기나 잎을 베어내야 비로소 그들 특유의 향을 내뿜는다. 톡 쏘는 강한 향이 아니다. 바람에 섞여 겨우 맡을 수 있는 약한 향이다. 코를 자극하는 데 그치지 않는 풀 향기는 가슴으로 맡을 수 있다. 이 세상 어떤 향기보다 신선한 것이 풀 깎은 후에 맡을 수 있는 향임을 알게 되었다.

제초제 치는 것보다 풀을 깎는 일은 힘들고 고된 일임에 틀림없다.

여름 삼복더위에 뜨거운 햇빛 아래 예초기를 메고 풀을 깎으려면 여간 힘들지 않다. 그러나 골프장보다 잘 깎인 과수원 풀밭을 돌아보며 시원한 바람에 흘러오는 풀 냄새를 맡을 수 있으니 행복하다. 풀 위에 누워 흘러가는 구름을 바라보면 더욱 큰 행복에 젖는다. 힘든 풀 깎는 일을 그만두고 제초제를 치라고 조언하는 사람도 있다. 그러나 계속해서 풀 깎기를 고집하는 것은 이러한 행복을 포기하고 싶지 않기 때문이다.

사과를 공판장에 출하하면 사과의 당도가 높고 향이 좋은데 어떤 약제를 썼느냐는 질문을 여러 번 들었다. 아무리 생각해보아도 특별한 약품처리를 한 일이 없다. 개원 이후 계속 풀을 깎아 그 자리에 모아 덮어준 것밖에 없다. 풀을 베어내면 풀의 줄기가 잘리게 된다. 풀은 다시 살아나기 위해 흙 속으로 그 뿌리를 더 깊이 내리게 된다. 깊이 내린 뿌리를 따라 물과 공기가 흘러들어간다. 깊이 들어간 뿌리는 양분을 골고루 빨아들인다. 사과에 필요한 흙 속 양분을 충분히 섭취한다. 당도와 향이 좋았던 것은 제초제를 치지 않고 풀을 계속 깎았기 때문이 아닐까 하는 생각도 든다. 과수원의 풀베기는 계속되었고 그 일은 계속 내 몫이었다.

과수원에 흰 눈이 잦아들고 파릇파릇한 풀의 고운 새싹이 돋아난다. 머리카락보다 가는 줄기 위에 좁쌀보다 작은 꽃망울이 얹힌다. 이것들이 봄을 이끌고 제일 먼저 봄의 들판에 피는 꽃이다. 매화나 동백보다도 먼저 피는 봄꽃이다. 이러한 이름 없는 풀과 꽃이 수없이 어우러져 피어나 봄동산을 수놓는다. 봄동산은 이렇듯 이름 없는 꽃으로 덮여 청라언덕이 되어 우리 곁으로 다가온다.

그림같이 아름다운 황혼의 저녁노을이나 비단을 깔아놓은 듯한 푸른 풀밭을 일컬어 청라언덕이라 한다. 그림이 아무리 잘 그려졌다고 하더라도 서산에 걸쳐 있는 자연이 연출한 저녁노을의 아름다움에 비할수 없다. 아무리 값비싼 비단을 깔아놓았어도 이른 봄 푸르게 싹터 자라난 풀밭의 싱싱한 아름다움에는 앞설 수 없다. 청라언덕은 비단을 깔아놓은 산과 언덕보다 아름답다. "황혼의 저녁만큼이나 잘 그려진 그림"이라는 표현이 더 적절할 것 같다. 아무리 잘 그려진 그림이라도 자연그 자체보다 아름다울 수는 없다고 생각한다. 계은과수원의 아름다움을설명할 말을 찾을 수 없다. 이 아름다운 과수원을 오늘도 거닐고 있으니얼마나 행복한가.

28. 맛있는 사과

노란 민들레 꽃무리가 벌과 나비를 불러 모으고 그 군무 속 꽃잎이 앉았던 자리에 하얀 사과 꽃수술이 자리를 잡게 되면 꽃잎은 하나 둘 떨어진다. 민들레꽃을 즐기던 벌과 나비들은 사과꽃으로 자리를 옮긴다. 사과나무는 붕붕거리는 벌 소리의 오케스트라 공연장으로 바뀐다.

사과는 한 개의 화총에 다섯 개의 꽃을 피운다. 한가운데 있는 꽃이 가장 크고 제일 먼저 꽃을 피운다. 나머지 꽃들이 뒤따라 피어나면 꽃이 만개한 것이다. 다시 벌과 나비의 군무 속에 꽃잎이 떨어지고 녹두알만 한 사과 열매가 달린다. 이즈음 산에서는 뻐꾸기 소리가 들려오고 그 소리에 맞춰 사과 열매는 다시 콩알만큼 굵어진다. 사과 열매는 벌, 나비의 흥겨운 춤에 맺히고 뻐꾸기 소리를 따라 자란다.

1차 풀베기가 끝나면 뻐꾸기 소리도 벌들의 오케스트라 공연도 들을 수 없게 된다. 콩알만 하던 사과는 대추알, 밤알만큼 굵어진다. 이제 곧 장마철이 다가오니 병충해가 걱정이다. 병해충 방제를 위한 농약처리를 철저히 해야 할 때이다. 장마철에는 사과에 공급되는 수분이 넉넉하여 사과는 몰라보게 커지게 된다.

이즈음은 내년에 열매가 될 꽃눈이 만들어지는 시기이다. 이때 꽃눈이 크고 튼튼하게 맺혀야 내년에 좋은 사과를 딸 수 있다. 올해 열린 사과는 작년 이맘때 형성된 꽃눈에 의해 결정된 것이다. 내년에 좋은 굵기와 품질의 사과를 따려면 올해 맺히는 꽃눈이 충실하고 튼튼하게 맺히도록 관리해야 한다. 병충해 방제에 힘쓰며 여름 가지치기를 할 때다. 사과가 달린 결과지인 주지 위의 도장지를 제거해서 햇빛이 잘 들고 통풍이 잘되게 하는 일이 중요하다. 동시에 살포하는 농약이 막히지 않고 나무 전체에 골고루 전달되게 뿌리는 것도 중요하다.

이때 과수원의 풀은 하루가 무섭게 자라난다. 나무와의 영양분 쟁탈이나 통풍에 지장이 없게 풀을 2차, 3차로 계속 깎아준다. 장마가 끝나고 하늘은 점점 높고 넓어진다. 과수원에 시원한 바람이 찾아온다. 뻐꾸기 소리는 산 넘어 가고 사과 알은 제 꼴을 찾아 커지게 된다. 과수원 뒤의 적보산에도 단풍이 물들기 시작한다. 사과 알은 점점 붉은색을 띠어간다. 수천, 수만 개의 붉은 사과 등불이 가지마다 불을 밝힌다. 나무 밑에 깔아놓은 반사필름에 따가운 햇살이 비치고 사과 등불을 더욱 밝힌다.

아침저녁으로 나무 사이를 거닐며 손에 잡히는 사과 알을 쓰다듬고 붉은 사과 등불을 살피느라 걸음을 멈추곤 한다. 달밤의 과수원은 더욱 아름답다. 밝은 대낮의 햇빛에 드러나 있던 사과 알의 상처나 병들어 보기 싫던 흠을 가려주고 붉고 좋은 사과만을 볼 수 있기 때문이다. 보이지 않는 것은 없다. 달밤에 보이지 않는 사과의 흠은 없는 것이다. 그래서 밤의 사과는 모두 아름답다. 달밤에 보이는 튼실한 사과를 보면서 행복하게 잠을 설친다. 이 행복을 미루거나 놓칠 수 없으니 오늘 밤에도 달이 밝으면 과수원에 나가보아야겠다.

빛깔도 좋고 맛도 좋은 사과를 수확하여 저장고에 들여놓았으니 올 한 해 농사도 다 끝난 셈이다. 봄부터 쉬지 않고 정성을 다하여 과수원 일에 매달렸으나 막상 수확을 해놓고 보니 부족했던 일이 하나 둘이 아니다. 봄에 농사를 시작할 때 올해는 후회스럽지 않게 1등 농사를 짓겠다고 다짐했으나, 잘못된 일은 적지 않고 흡족하지가 않다. 빨리 이해가 지나가고 내일 모레라도 당장 다시 농사지을 수 있는 봄이 왔으면 하는 허망한 꿈을 꾼 것이 한두 번이 아니었다. 올해도 그런 쓸쓸한 생각에 머리를 떨어뜨린다.

"사과농사 지은 지 몇 년이나 됩니까?"

"23년 되었습니다."

"사과농사 23년 하셨으니 사과박사 다 되셨겠네요."

이런 말을 흔히 들을 수 있다. 20여 년이나 한눈팔지 않고 과수원을 했으니 그런 말을 듣는 것도 무리는 아니다. 23년은 긴 시간이지만, 봄에 씨 뿌리고 가을에 추수했다는 것은 사과를 23번 땄다는 것에 불과하다. 이것이 농업이 일반 기계나 생활용품을 생산하는 산업과 다른 점이다.

돌아가는 기계에 원료를 집어넣으면 상품이 쏟아져 나오는 것이 공장 생산품이다. 하루에 수천수만 개의 상품을 생산할 수 있고, 불량품이 나오면 잘못된 곳을 손보아 다시 생산할 수도 있다. 그러나 봄에 사과꽃이 피고 열매가 달리고 가을에 추수가 끝날 때까지는 1년의 세월이 걸린다. 불량한 것이 있어도 고쳐서 키울 수 없는 것이 농업이다. 그러나 자연이 주는 축복 속에 살면서 열매를 거둘 수 있는 것이 농군의 삶이라 믿으며 살고 있다. 이 생활이 내 분에 넘친다고 느끼며 그저 감사할 뿐이다. 어려운 일이 많았던 지난날에도 늘 감사한 마음으로 살아왔던 것 같다. 앞으로도 이 과수원과 함께 감사하며 살아갈 것이다.

　　지난 세월 동안 땀 흘려 일하며 살아온 덕분에 1년에 4천 상자나 되는 사과를 시장에 내놓고 있다. 세상 많은 일들 가운데에서 사람의 먹을 거리를 생산하는 것이 가장 소중하며 귀한 일로 알고 있다. 그것은 사람의 생명이 되는 까닭이다. 더 맛있는 사과를 만들자! 오늘도 나는 포모나와 함께 내 계은과수원을 걷는다.

　　　　동일봉에 봄이 드니 봄비가 촉촉하다
　　　　벌 나비 날아들고 뻐꾹새 찾아온다
　　　　많이도 맺힌 열매 숨을 것이 걱정이네

　　　　민들레 노란 꽃 지니 백발이 되었구나
　　　　흰 머리 싫다 하고 벌 나비 날아가네
　　　　사과 알 커지니 네 덕인가 하노라

　　　　쑥과 클로버가 민들레를 대신하니
　　　　장맛비 끈질기고 바람도 세차구나
　　　　뒤질까 질경이도 키자랑 하는고야

　　　　폭풍 몰아쳐도 사과 알은 끄떡없다

크게도 자랐구나 굵기도 하도할사

적보산 맑은 바람 네 덕인가 하노라

끝머리에

오늘 1학기가 끝났다며 동생 종민이가 자랑스럽게 성적표를 내놓았다.

"나 반에서 1등 했어! 근데 다음 학기 수업료 때문에 걱정이네. 아빠, 돈 없는데 어떻게 하지? 걱정이네!"

싸리 울타리 밖 손바닥만 한 텃밭에 여러 가지 채소를 심고 가꾸어 읍내시장 길거리에서 팔아 겨우겨우 살아가는 형편이었다. 동생 학비를 어떻게 마련할 수 있을까? 막막하기만 했다. 밤새도록 잠을 설치고 생각한 끝에 서울에 올라가기로 했다. 새벽에 열차를 타고 서울역에 도착했다.

오라는 사람이나 아는 사람도 없다. 낯선 서울 거리를 이틀이나 헤맨 끝에 다행히도 청계천변에 판자로 세워진 봉제공장을 찾아 일자리를 구할 수 있었다.

여러 대의 재봉틀이 놓여 있고, 남방과 블라우스, 원피스를 만들기 위해 원단을 재단하느라 모두가 분주하게 돌아가고 있었다. 재봉틀 돌아가는 소리와 함께 날리는 먼지가 방안에 가득하다. 천장과 벽에 매달린 선풍기가 돌아가고 있으나 그저 돌아가고 있을 뿐 더위를 식혀주지는 못한다. 다섯 명이 좁은 방 하나를 쓰고 있으니 다리 뻗을 자리도 없다. 콩나물국 한 그릇에 밥 한 공기가 고작인 식사다. 작업장이나 잠자리가 그지없이 불만스럽지만 무작정 상경하여 머물 자리와 일할 수 있는 일터를 얻었으니 그것만이 그지없이 고마울 따름이다. 불평하지 말고 일하자고 마음먹었다. 사장님의 칭찬을 받게 되었고 하는 일도 점점 잘하게 되었다.

그동안 힘들고 어려운 일도 많았는데 오늘이 공임 받는 날이다. 최저임금이라는 개념도 없던 때였다. 턱없이 적은 공임이었으나 아껴 쓰고 동생의 학비에 보탤 수 있으니 이 얼마나 다행한 일인가.

"종민아, 공부 잘하거라. 누나가 네 학비 보낸다."

동생에게 수업료를 보내고 나니 그동안 쌓였던 피로가 한꺼번에 몰려왔다. 종민이는 중학교를 졸업하고 고등학교에 진학했다는 소식을 전해왔다. 공장에서는 일등 기술자가 되었고, 사장님의 칭찬을 받는 여공이 되었다. 그렇게도 어둡고 가난하던 시절에 한 알 모래알 민초들이 살았던 삶의 모습이다.

텃밭의 푸성귀를 뜯어 내일 읍내 장에 내다팔려고 다듬고 있는데 생선 파는 아줌마가 간고등어, 말린 생선 사라며 들어왔다.

"우리는 생선이나 고기 못 먹습니다. 아들 둘이 중학교와 고등학교에 다니는데 대학 졸업할 때까지 고기 안 먹기로 했습니다. 다른 집에 가보세요."

없는 살림에 먹고 싶은 것 다 먹고 아이들 공부를 어떻게 시킬 수 있나? 먹고 싶어도 참고 입고 싶은 것도 참으면서 그렇게 아들들을 공부시켰다. 이런 정성으로 아들들이 대학을 나오고 취업을 했다. 산막의 초가집을 헐고 샌드위치 조립식 건물을 아담하게 짓고 살고 있다. 이것이 지난날 가난한 고난을 이기고 살아온 한 알의 모래알, 민초들의 삶이다. 우리의 할아버지와 할머니들은 가난하고 힘들어도 그 자리에 주저앉거나 삶의 목표를 포기하지 않았다. 힘든 일은 힘든 대로 극복하고자 끊임없이 힘쓰며 살아왔다. 그래서 가난을 물리치고 사람답게 살게 되었으며, 오늘날 우리가 누리고 있는 '삶'을 마련할 수 있었다.

경기도청 경찰국, 교육청이 공동으로 도내 각 시·군 단위로 순회하며 반공 강연회를 하던 때의 일이다. 나는 그 강연회의 강사로 참여하고 있었다. 강연회에는 면장, 이장, 교장, 교사 등 군내 유지들이 자리를 함께하고 있었다. 강연회가 끝나자 당시 시중에서 상영 중이던 〈돌무지〉라는 영화를 상영했다. 나는 용인군의 강연회가 끝나고 나서 다음날 강연회가 있을 이천으로, 그 당시 포장도 되지 않은 2차선 국도를 지프차로 달리고 있었다. 밝은 달밤이었다. 젊은 아낙이 아이를 업고 머리에 보따리를 인 채 치맛자락을 바람에 날리며 걸어가고 있었다.

"이 밤중에 젊은 여자분이 혼자서 어디를 가십니까?"

"이천 호법까지 갑니다. 5년 전에 이천에서 용인에 시집을 왔습니다. 아이가 세 살이 되기까지 5년 동안 친정에 가보지를 못했어요. 시부모님의 허락을 받고 오랜만에 친정에 가는 길입니다."

"이천까지는 먼 길인데 낮에 버스를 타고 가셔야지, 혼자서 밤길을 걸어가고 계십니까?"

"버스 타고 가라고 시아버지가 돈을 주셨어요. 오랜만에 친정에 가는데 버스 탈 돈으로 어린 조카들 사탕이나 과자 부스러기, 양말이나 고무신 등을 샀습니다. 버스비 아껴서 이렇게 걸어왔습니다."

이천까지 먼 길을 차를 얻어 탄 것이 다행스러웠는지 아낙은 곧 코를 골았다. 호법에서 차를 내리면서 몇 번이고 고맙다고 인사하던 모습이 지금도 기억난다. 버스를 타지 않고 먼 길을 달밤에 홀로 가면서도 친정에 가는 길이라 그저 기쁘기만 했던 아낙네들, 우리가 가난하고 어려웠던 시절에 한 알 모래알 민초들이 살았던 '삶'의 모습이다.

서울에서 인천 가는 국도를 따라가다가 고척천의 큰 다리를 건너기 전 독립산업이라는 큰 공장이 있고, 그 길 건너에 'H자동차 공업사'라는 공장이 있었다. 그곳에서 버스를 만들었다. 외국인 바이어 몇 사람이 찾아왔다. 선전 책자에는 버스의 겉모양이 반듯하고 운행 성적 역시 좋게 표시되어 있다. 다른 나라의 버스 가격보다 싼 것이 매력이었다. 그때 우리나라에서는 자동차 엔진을 생산할 수 없었기에 미군 부대에서 흘러나온 자동차 엔진을 사용하고 있었고, 포항제철에서 강판이 생산되지 않았으니 드럼통을 두들겨 펴서 갈고 닦아 버스를 만들었다. 드럼통 두들기는 현장을 들켰으니 아마도 그 버스는 외국 바이어들에게 팔려나가지 못했을 것이다.

번듯한 강판이 없으면 드럼통이라도 두들겨서 자동차를 만들던 것이 어려웠던 시절 한 알 모래알 민초들이 힘쓰며 살아온 '삶'의 모습이다. 그렇게 어렵게 시작했지만 좌절하거나 멈추거나 포기하지 않았던 힘과 기가 오늘날 자동차 왕국으로 도약하도록 한 것이다. 드럼통의 맥을 잇는 후예들은 오늘도 세계 많은 나라의 고속도로를 달리고 있다.

화려한 색과 새로운 디자인으로 만든 원피스나 블라우스를 입은 여인을 '하쿠라이'라고 했던 때가 있었다. 원래 하쿠라이(舶来)라는 말은 '바다 건너 배 타고 온 좋은 물건'이라는 일본말이다. 배 타고 물 건너온 상품이면 좋고 멋진 것이라고 믿던 때가 있었다. 그러나 지금 우리는 배에 실려 바다 건너온 상품보다 더 멋지고 좋은 것을 만들어 배에 실어 다른 여러 나라에 팔고 있다. 지금 외국에서 우리의 것을 멋지고 좋은 하쿠라이로 사고 있다. 지난날 우리도 하쿠라이를 부러워했던 때가 있었다. 그러나 우리는 그것을 부러워하면서도 그보다 더 멋지고 좋은 상품을 만들고자 힘써왔다. '메이드 인 코리아'의 브랜드를 세계인이 찾는 하쿠라이로 만들고자 한 것이다. 전자제품, 선박, 자동차 등 여러 분야에서 이미 그 꿈을 이루고 있다. 이런 어려움이 있었다 해도 백사장의 한 알 모래알과 민초들은 포기하지 않았다.

몇 년 전 어떤 학교에 시간을 맡아 출강한 적이 있었다. 강의실에 들어갔는데 반의 대표 학생이 포장지에 싼 선물을 건네주었다. 바로 그날이 스승의 날이었다. 시간강사에게 스승의 날 선물을 준비한 학생들이 고마웠다. 포장을 뜯어보니 예쁜 손수건이 석 장 들어 있었다. 고마운 마음으로 손수건을 펴보니 '피에르 가르뎅'이라는 상표가 수놓아져 있었다. 그저 고맙다고 하면 될 것을 쓸데없이 몇 마디 말을 덧붙였다.

"지금 우리는 글로벌 시대에 살고 있다. 간디가 물레를 돌리며 국산품 애용을 역설하던 때와는 다른 세상이다. 우리의 상품을 다른 나라에 내다팔고 다른 나라의 상품을 사들이며 살고 있다. 우리가 생산하지 못하는 외국의 좋은 상품을 수입하여 쓸 수도 있다. 우리 상품보다 더 좋은 질과 가격이면 외제품을 산다는 데 이론이 있을 수 없다.

그런데 이 손수건에는 프랑스의 '피에르 가르뎅'이라는 상표가 찍혀 있다. 이 수건은 프랑스에서 직접 수입된 것이 아니다. 우리 나라에서 우리 노동자들에 의해 만들어진 것이다. 상표를 사용하는 대신 로열티가 지급될 뿐이다. 우리는 이 손수건보다 더 좋고 멋진 상품을 지금 만들 수 있고 또 만들고 있는데, 왜 비싼 로열티를 주면서 이것을 사고 쓰는지 알 수가 없다. 아무 생각 없이 일상생활용품에 지급되는 로열티에 우리의 외화가 빠져나가는 것을 생각해봐야 한다."

꼭 필요한 상품도 아니고 우리가 만들 수 없는 것도 아니다. 우리의 것보다 상품의 질이 더 좋거나 값이 싼 것도 아니다. 치열한 경쟁이 벌어지고 있는 세계시장에서 우리의 경제와 산업을 생각하는 마음이 우리 가슴 속에 차고 흘러 이어지기를 바라는 마음이 간절하다.

나는 바닷가 백사장의 한 알 모래알이며 민초다. 한 알의 모래알이 모여 쌓인 것이 백사장이다. 밀려오는 파도와 입맞춤하며 야자수 그늘에 누워 있다. 한 알 모래알과 민초는 힘이 없다. 그러나 모래알이 모여서 쌓이면 넓은 백사장이 된다. 하나의 민초가 어울려 함께 살면 국가가 되고 국민이 된다. 나는 자랑스러운 대한민국의 백사장의 한 알 모래알로, 모범적인 민초가 되어 살고자 했다.

앞으로 이 나라의 한 알 모래알로, 민초로 살아갈 이들에게 이 이야기를 바친다.